GENIALE ERFINDER

BUCH DER

LOGIKRÄTSEL

PHILIP KIEFER

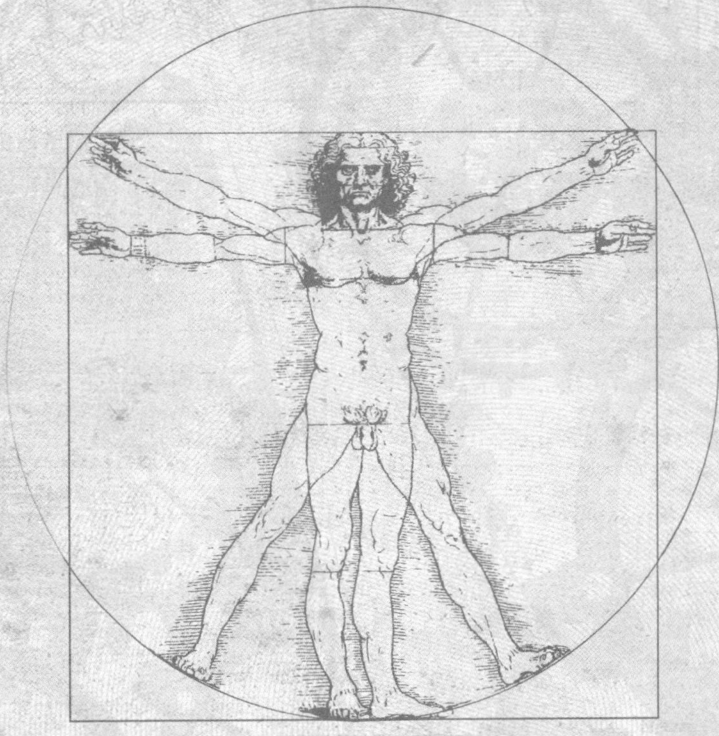

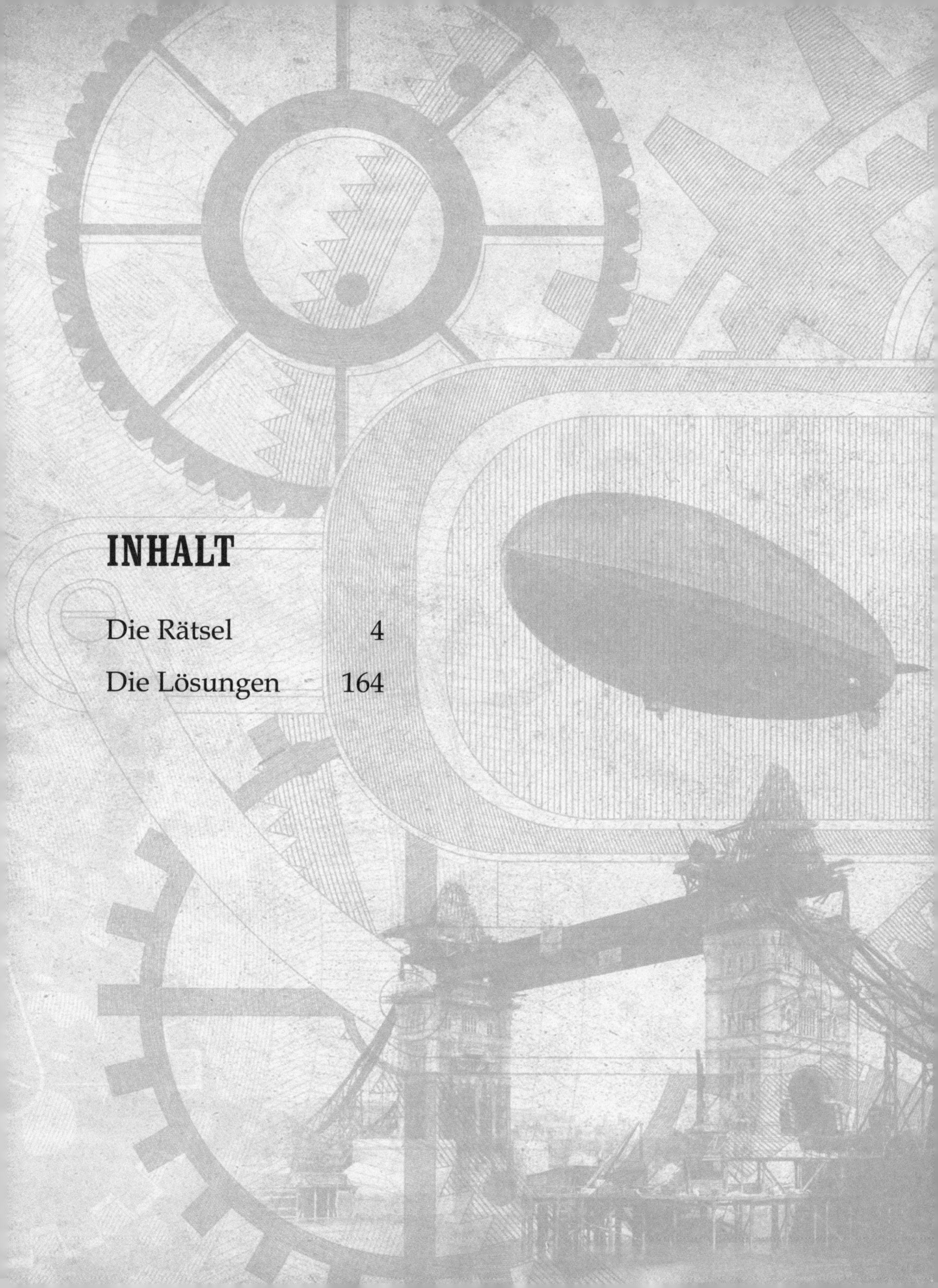

INHALT

Willkommen in meinem bescheidenen Haus! Mein Name ist Leonardo – Leonardo da Vinci – und ich habe Sie bereits erwartet. Aber treten Sie doch erst mal ein, seien Sie unverzagt! Im Klub der weltberühmtesten Genies und Erfinder hat man schon von Ihnen sagen hören. Man munkelt, Sie seien ein messerscharfer Denker und wissen unsere Erfindungen, Entdeckungen und Tüfteleien gebührend zu würdigen. Doch ist das wirklich so? Sie schauen etwas erstaunt. Nun, wir werden sehen. Erlauben Sie uns – den größten Genies der Menschheitsgeschichte – Sie einigen Prüfungen unserer Zunft zu unterziehen. Wir möchten damit sichergehen, ob wir Sie als wirklich verständigen Vertreter der Menschheit in unserem Kreis begrüßen dürfen.

Aber lassen Sie mich zuallererst auch ein wenig von mir selbst plaudern. Es wird Sie vielleicht interessieren, dass ich, Leonardo, am 15. April 1452 im Dörfchen Anchiano bei Vinci als unehelicher Sohn des Notars Piero und der Magd Caterina geboren ward. Heute bin ich wohnhaft in Florenz. Die Epoche, in der ich lebte, nennt ihr heute Renaissance – es war die Zeit des Übergangs vom Mittelalter in die Neuzeit. Es war eine aufregende Epoche des Umbruchs, die ich wie kein anderer verkörpern sollte. Obwohl ich vor über 500 Jahren – am 2. Mai 1519 – starb, kennt ihr noch meinen Namen und bewundert meine Werke. Ihr nennt mich Universalgenie, weil ich nicht nur große Kunstwerke wie die *Mona Lisa* schuf, sondern auch als Forscher voller Unrast und Neugierde war und als solcher der Erfinder und Vordenker von allerlei Gerätschaften, die in meiner Zeit als revolutionär galten. Doch dort, wo wir uns gerade aufhalten, in der Welt der genialen Geister, hat die Zeit keine Bedeutung.

Tutto bene? Möchten Sie mit mir vielleicht zunächst einen Blick in meine Studierstube werfen? Folgen Sie mir!

LEONARDOS PANZER

Schauen Sie zum Beispiel diese Zeichnung dort: Heute ist es mir sehr peinlich, aber ich habe in meinem Leben auch einige Kriegsgeräte konstruiert, unter anderem ein Panzerfahrzeug. Mein Panzer hat allerdings keine Hülle aus Metall wie eure modernen Panzer. Und er hat zwar vier Räder, aber kann es an Geschwindigkeit nicht mit einem *Leopard 2* aufnehmen.

Kürzlich habe ich die Geschwindigkeit meines Panzers gemessen. Auf der Ebene hat er eine durchschnittliche Geschwindigkeit von 10 Stundenkilometern. Bis zu diesem Wald dort hinten sind es 2 Kilometer.

Davon führt der erste Kilometer über die Ebene und den zweiten Kilometer geht es bergab. Wenn er den ersten Kilometer schon gefahren ist: Wie schnell muss der Panzer bergab fahren, damit er für die gesamte Strecke bis zum Wald eine durchschnittliche Geschwindigkeit von 20 Stundenkilometern erreicht?

DIE MÖNCHE

Ein echtes Steckenpferd war für mich mein Leben lang die Anatomie. Ich wollte alle Geheimnisse des menschlichen Körpers ergründen. Und nein: nicht nur die des männlichen Körpers! Diese Schädel, die ich da gezeichnet habe, sie stammen aus einem Kloster nicht weit von hier.

In dem Kloster lebten einst einige Mönche, die nicht miteinander sprachen und sich nur einmal am Tag zum Mittagessen trafen. Im ganzen Kloster gab es keinen einzigen Spiegel. Einmal kam ein Bote zum Kloster geritten und sagte, dass eine schlimme Krankheit im Land grassiere. Er blickte auf die Mönche und erschrak: »*Mindestens einer von euch ist erkrankt. Ich erkenne es an dem großen schwarzen Fleck auf der Stirn. Wer von euch weiß, dass er erkrankt ist, soll sich in seine Klosterzelle zurückziehen und nicht mehr zum Mittagessen erscheinen!*« Dann ritt der Bote rasch davon.

Am fünften Tag erschien ein Viertel der Mönche nicht mehr beim Mittagessen.

SAGEN SIE MIR:
Wie viele Mönche lebten in dem Kloster?

DER KREISRUNDE GARTEN

Doch nun Schluss mit den trüben Gedanken an schlimme Krankheiten! Kommen Sie mit mir in meinen Garten, oh, und schauen Sie mal da oben am Himmel, links neben dem Kirchturm: Mein guter Freund Ferdinand unternimmt mal wieder eine Fahrt mit seinem Zeppelin. Wollen wir ihm zuwinken?

Nun setzen Sie sich einmal auf diese Holzbank dort, unter dem knorrigen Olivenbaum. Lassen Sie ein wenig Ihre Haut von der wunderbaren toskanischen Sonne streicheln. Trinken Sie ein Gläschen besten Chianti mit mir!

Und jetzt möchte ich Ihnen doch mal eine kleine Frage stellen. Sehen Sie dieses kleine kreisrunde Gärtchen dort? Ich möchte das Gärtchen mit möglichst wenigen gerade verlaufenden Zäunen in elf Teile unterteilen, die jeweils von einem Rand des Gärtchens zum anderen reichen. Können Sie mir helfen, dieses Problem zu lösen?

DIE NEUN BLUMEN

Wir sind nun gut gelaunt dank der toskanischen Sonne und des kräftigen Chianti. Wie schön ist das! Bevor wir uns gleich wieder nach drinnen begeben, möchte ich Ihnen noch ein Blumenbeet zeigen. In diesem Beet stehen neun seltene Blumen. Mit zwei quadratischen Zäunen sollen alle Blumen voneinander getrennt werden. Warten Sie, ich zeichne Ihnen die Lage der Blumen einmal auf.

UND NUN MEINE FRAGE AN SIE:
Wie müssen die beiden quadratischen Zäune eingezeichnet werden, damit alle Blumen voneinander getrennt werden?

AUF DEN SPUREN VON LEONARDO

Ich sehe schon, Sie sind ein findiger Geist – genau wie ich, Leonardo. Sie haben … oh, uno momento, mein Handy klingelt. Da muss ich rangehen. Gestatten Sie mir, Ihnen zum Zeitvertreib ein kleines Rätsel aufzugeben: Finden Sie die Spur meines Namens in diesem Chaos von Buchstaben?

L		E		L		A		O		E		O	
	O		O		E		A		L		N		E
N		E		L		R		D		N		A	
	L		O		E		E		D		R		N
A		N		E		R		A		R		R	
	R		A		L		E		L		R		O
O		L		D		O		L		A		L	
	O		R		N		R		R		O		E
O		A		A		O		D		E		L	
	L		R		O		N		O		N		E
D		O		D		E		R		D		E	
	N		E		R		D		A		N		R
L		R		N		L		N		O		A	
	E		L		L		R		L		E		A

DAS MAGISCHE QUADRAT

Ist gut ... ja, ich werde fragen ... Gute Landung, Ferdinand, Bussi!« Nun bin ich wieder für Sie da. Konnten Sie denn die Spur meines Namens aufspüren? Soeben hat mein Freund Ferdinand von Zeppelin angerufen, der ab Ende des 19. Jahrhunderts die Entwicklung der Starrluftschiffe entscheidend prägte. Auch ich habe zu meinen Lebzeiten schon allerlei Fluggeräte konstruiert – bin damals aber nie geflogen. In unserer Welt der genialen Geister ist das anders! Ferdinand wird nachher auf der Wiese vor der Stadt landen und lädt uns zu einer Rundfahrt ein. Hätten Sie Lust darauf?

Übrigens hat der gute Ferdinand aus Deutschland einen Zeitgenossen von mir mitgebracht, den Nürnberger Maler und Mathematiker Albrecht Dürer. Jener hat mir neulich ein magisches Quadrat aufgegeben, das selbst mir, Leonardo, Kopfzerbrechen bereitet. Albi hat dieses magische Quadrat auch auf seinem Kupferstich *Melencolia I* verwendet. Das magische Quadrat hat unter anderem die folgenden Eigenschaften:

☞ Die Summe der Zahlen in jeder Zeile und in jeder Spalte ist 34.
☞ Die Summe in den vier Eckfeldern und in den vier Feldern in der Mitte ist jeweils 34.
☞ Die Summe der beiden Diagonalen durch die Mitte ist jeweils 34.
☞ Die Summe der acht mittleren Randfelder ist jeweils 34.

Helfen Sie mir dabei, das magische Quadrat mit den Zahlen 1 bis 16 zu füllen, sodass die genannten Eigenschaften erfüllt werden. Einige Zahlen hat Albi als kleine Hilfestellung bereits eingetragen.

16	3		
			8
9			12
	15		

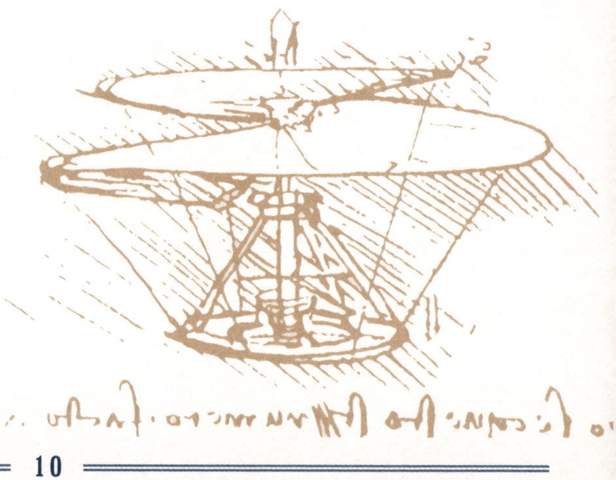

DIE MELONENFRAGE

Lassen Sie uns gleich zur Wiese vor der Stadt aufbrechen, damit wir rechtzeitig zur Landung des Zeppelins dort sein werden. Die Sonne strahlt so herrlich! Genießen Sie den Gang durch die Gassen von Florenz, über die Brücken des Arno und über die weiten Plätze mit ihren kunstvollen Bauten und Statuen.

Ah, heute ist Markttag. Lassen Sie uns ein wenig an den Ständen entlangstreifen und die vielfältigen Gerüche der Gemüse und Kräuter genießen, die unsere Nase streicheln. Wie Sie vielleicht wissen, bin ich Vegetarier, und Sie kennen vielleicht dieses Zitat von mir: »Ich habe schon in jüngsten Jahren dem Essen von Fleisch abgeschworen, und die Zeit wird kommen, da die Menschen wie ich die Tiermörder mit gleichen Augen betrachten werden wie jetzt die Menschenmörder.« Es stimmt, ich esse kein Fleisch. Umso mehr lasse ich mir die Früchte munden, die auf dem toskanischen Boden wachsen.

Sehen Sie da, der Melonenverkäufer! Bei jenem habe ich kürzlich eine Melone gekauft. Ich fragte: *»Welchen Wassergehalt hat diese Melone?«* Der Melonenverkäufer antwortete: *»Es sind 99 von 100 Teilen Wasser, Signore.«* Daraufhin meinte ich: *»Gut, ich nehme sie.«* Der Melonenverkäufer wog die 6 Kilogramm schwere Melone ab. Ich zählte ihm ein paar kleine Münzen in die Hand. Dann trug ich die Melone nach Hause wie einen Schatz.

Doch schon auf dem Heimweg kam mir die Idee für eine neue Erfindung. Zuhause angekommen, ließ ich die Melone in der prallen Sonne liegen, setzte mich mit Papier und Stift an einen Tisch und vergaß die Welt um mich herum.

Erst zwei Tage später erinnerte ich mich wieder an die Melone. Ich nahm sie und stellte fest, dass diese nun leichter war als beim Kauf. Mit einer spontan ausgedachten Methode ermittelte ich, dass die Melone inzwischen aus 98 von 100 Teilen Wasser bestand.

SAGEN SIE MIR:
Wie schwer war meine Melone
zwei Tage nach dem Kauf?

DIE INSEL IM WEIHER

Inzwischen sind wir vor der Stadt angelangt. Der Zeppelin setzt bereits zur Landung an, aber das dauert noch ein wenig.

Auf dem Weg zur Wiese kommen wir an einem wunderbaren kreisförmigen Weiher vorbei. Dort ruhte ich mich als Jüngling einmal aus. Der Weiher hat einen Durchmesser von 50 Meter. In der Mitte des Weihers befindet sich eine winzige Insel mit einem Kirschbaum darauf – und der hing damals voll reifer Kirschen. Mir lief das Wasser im Mund zusammen. Doch wie sollte ich zu der Insel gelangen? Der Weiher ist voll bissigen Getiers. Und es gibt keine Brücke. Zwar hatte ich ein 160 Meter langes Seil bei mir, aber das konnte ich nicht so weit werfen.

Dennoch band ich das Seil am Stamm des einzigen Baumes am Ufer des Weihers fest. Und eine Viertelstunde später lehnte ich auf der Insel am Stamm des Kirschbaums und ließ mir die Früchte munden.

Wissen Sie, wie es mir möglich war, zu der Insel zu gelangen, ohne auch nur mit den Füßen das Wasser zu berühren?

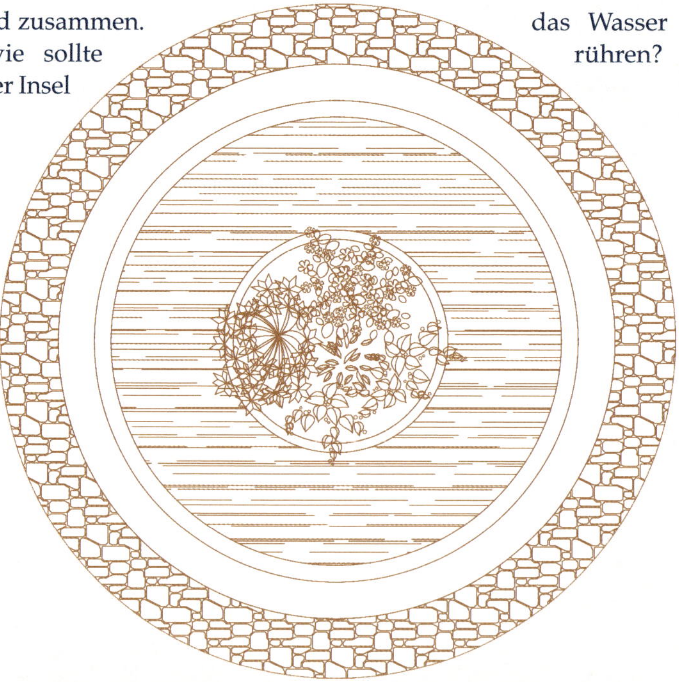

BEIDSEITIG VIELSEITIG

Der Zeppelin war in seiner Zeit revolutionär, aber wie Sie bemerken, ist er nicht gerade das schnellste Fluggerät. Solange wir auf die Landung des Zeppelins warten, lassen Sie uns noch ein wenig die Zeit vertreiben. Gern würde ich Ihnen ein Rätsel präsentieren, dass mir ein Freund aus dem fernen Osten mitgebracht hat. Vielleicht haben Sie schon einmal gehört, dass ich, Leonardo, sowohl mit der linken als auch mit der rechten Hand schreiben und zeichnen konnte, und das sogar gleichzeitig?

Bei diesem Rätsel aus dem fernen Osten sollen nun ein linkes und ein rechtes Rätsel zugleich gelöst werden. Dabei sollen die Zahlen von 1 bis 9 in jeder Zeile, in jeder Spalte und in jedem 9er-Quadrat genau einmal vorkommen. Die Rätsel sind außerdem miteinander verbunden: Jede Zahl im linken Rätsel entspricht einer Zahl im rechten. Zum Beispiel finden Sie im linken Rätsel stets dort eine 1, wo im rechten Rätsel eine 6 steht. Finden Sie die weiteren Korrespondenzen und füllen Sie alle leeren Felder aus!

8								6
								5
4	1						7	2
		4				7	5	
3				4			9	
						2	4	
				5				
1			7					4
7			8			1		

1								
			3			7		
3		5						
7						8		
		6						1
				7		9	3	6
					3		2	
		1					9	3
					9	6		

DIE LANDUNG DES ZEPPELINS

Die Vögel bejubeln diesen schönen Sommertag, doch in den Vogelsang mischt sich immer mehr das Surren der Zeppelin-Motoren und ein großer Schatten breitet sich auf einer Wiese vor Florenz aus. Bewundern Sie ein Stück Technikgeschichte – der erste Zeppelin LZ 1! Er hat eine Länge von 128 Meter, einen Durchmesser von fast 12 Meter und wird von zwei Daimler-Motoren mit jeweils rund 14 Pferdestärken angetrieben. Jedoch keine Bange, das brauchen Sie sich nicht zu merken!

Nun, sehen Sie aber, der Zeppelin ist gelandet. Die drei Männer, die zuerst aussteigen, sind mir bekannt. Doch kann ich mich nur noch in Bruchstücken erinnern, wo wer herkommt und was er macht:

- ☞ Hugo ist Maschinist.
- ☞ Karl stammt aus München.
- ☞ Der Steuermann flog 100 Kilometer mit dem Zeppelin.
- ☞ Der Mann aus Köln flog schon 500 Kilometer mit dem Zeppelin.
- ☞ Friedrich ist weder Maschinist noch Ingenieur.
- ☞ Die größte Entfernung, die zurückgelegt wurde, waren 1000 Kilometer.
- ☞ Der Steuermann stammt aus Hamburg.

SAGEN SIE MIR:
Schaffen Sie es, Namen, Städte, Berufe und Entfernungen richtig zuzuordnen?

Name	Stadt	Beruf	Entfernung

DER NAME DES GRAFEN

Oh, sehen Sie dort? Das ist der Graf. Er gibt gerade noch seiner Mannschaft Anweisungen. Ist er nicht sehr schneidig und adrett? Kommen Sie mit mir, wir gehen ihn sogleich begrüßen!

»Ciao, mein lieber Ferdinand! Wie geht es dir? Und wie war der Flug hierher? Schau mal, wen ich dir da mitbringe! Einfach elegant, wie du immer den Zylinder ziehst. Wir freuen uns nun schon sehr auf die Rundfahrt mit deinem Luftschiff.«

»Guten Tag, Leonardo! Die Fahrt verlief ganz zackig, alles bestens. Mir geht es ganz hervorragend, näch.«

»Hattest du nicht auch den Albrecht Dürer an Bord? Ich habe ihn gar nicht gesehen.«

»Der ist eilig nach Venedig weitergereist. Dort hat er ein Treffen mit Tizian und anderen berühmten Künstlern der venezianischen Schule. Aber er lässt schön grüßen, näch.«

Darf ich Ihnen nun den Grafen Zeppelin persönlich vorstellen? Er hat gleich mehrere Vornamen, diese lauten, ähm … Mir ist leider die Reihenfolge der Vornamen entfallen. *»Nein, Ferdinand, lass uns bitte selbst draufkommen!«* Ich weiß noch: Ferdinand steht vor Heinrich, allerdings nicht direkt. Heinrich steht direkt vor August. Adolf steht an zweiter Stelle.

UND NUN DIE FRAGE AN SIE:

Wie lautet der vollständige Name des Grafen Zeppelin?

AUF DEN ZAHN GEFÜHLT

Nun ja, ein Name ist Schall und Rauch, wie schon unser großer Dichter Goethe in seinem *Faust* schrieb. Es ist korrekt, dass ich, Graf Zeppelin, ein deutscher Graf bin, und ich habe es beim Militär bis zum Generalleutnant der Kavallerie gebracht. Aber stehen Sie doch weiterhin bequem, wir sind ja schließlich nicht zum Manöver hier!

Mein Leben währte von 1838 bis 1917, doch am lebendigsten fühlte ich mich in Kriegszeiten. So gewann ich unter anderem Ruhm durch einen langen Erkundungsritt hinter den feindlichen Linien während unseres Deutsch-Französischen Krieges anno 1870/71.

Der vielleicht bedeutendste Tag meines Lebens aber war der 25. April 1874. An jenem Tage folgte ich interessiert einem Vortrag des damaligen Reichspostministers zum Thema »Weltpost und Luftschifffahrt«. Und noch am gleichen Tage notierte ich in meinem Tagebuch die Idee, lenkbare Luftschiffe zu bauen.

»Aber du weißt schon, lieber Ferdinand, dass ich mir bereits zur Zeit der Renaissance einige Fluggeräte ausgedacht habe?«

»Du denkst dir stets vieles aus, Leonardo. Doch du hast deine Fluggeräte nur gezeichnet, nie bauen lassen. Ich selbst bin ein Mann der Praxis, näch.«

»Und schließlich auch ein erfolgreicher Unternehmer, wenn ich das in der Wikipedia richtig nachgelesen habe …«

Wie sieht es eigentlich bei Ihnen aus? Sind Sie ein kreativer Geist wie Leonardo oder eher ein Praktiker wie meine Wenigkeit?

SAGEN SIE MIR:
In welche Richtung dreht sich das Zahnrad E, wenn der Antrieb auf das Zahnrad A wirkt und sich das Zahnrad C nach links dreht!

DIE GEHEIME PAROLE

Nun herein, herein in die Gondel meines Zeppelins! Sie sehen, dass eine Menge Menschen gekommen sind, um dieses Wunderwerk der Technik zu bestaunen. Wo ich auch lande, ist das so.

Übrigens: Bevor Sie den Zeppelin betreten dürfen, werden Sie nach einer geheimen Parole gefragt. Diese richtet sich nach der auf Englisch genannten Zahl, die der Wächter vorgibt. Nennt der Wächter die Zahl 1, so antworten Sie 3. Nennt er die Zahl 7, geben Sie 5 zur Antwort. Und sagt der Wächter 19, dann lautet die Antwort 8.

VERSTEHEN SIE DAS PRINZIP?

Wie lautet die Parole, wenn der Wächter die Zahl 12 vorgibt?

VIER WINDE

Sie konnten dem Wächter die Parole nennen und befinden sich nun in der Gondel meines Zeppelins. Herzlich willkommen! Wir … Also, das ist doch! Moment mal!

»Leonardo, es ist sehr störend, wenn du die ganze Zeit ›O sole mio‹ zum Besten gibst! Ich habe dir doch bereits erklärt, dass dies keine Gondel ist, wie du sie aus Venedig kennst, näch.«

Entschuldigen Sie bitte, jetzt bin ich wieder bei Ihnen! Leonardo hat mich gebeten, Sie vor dem Abflug über unsere Mission zu informieren. Nun, es ist so: Die großen Erfinder und Universalgelehrten der Menschheitsgeschichte haben einen Klub gegründet, den SCIENTIA. Wir haben es uns zur Aufgabe gemacht, Genies weltweit zu fördern und zusammenzubringen. Freunde von Ihnen haben uns zugesteckt, dass Sie über immense intellektuelle Fähigkeiten verfügen. Deshalb möchten wir mit verschiedenen kniffligen Aufgaben testen, ob Sie für die Aufnahme in den Klub geeignet sind.

»Leonardo! Setz dich doch mal bitte zu uns. Wie, du musst zuerst noch kurz die Mona Lisa *fertig malen?«*

						8	
			4				
					7		
				6			
		7					
							9
	6						
9							

Gut, dann lassen Sie uns doch die Zeit für ein weiteres Logikrätsel nutzen! Passend zu unserer baldigen Luftfahrt heißt dieses Rätsel »Vier Winde«. Zeichnen Sie in das Raster senkrechte und waagerechte Linien ein, und zwar so, dass durch jede leere Zelle genau eine Linie führt. Die Zahlen geben an, wie viele Felder von der Zahl aus mit einer Linie durchzogen werden. Die Linien dürfen nicht durch die Zahlenfelder gehen!

AUF EIN WORT

Noch mal zu SCIENTIA. Wir möchten Sie einladen, uns auf der Fahrt mit dem Zeppelin zu begleiten und sich unseren Aufgaben zu stellen. Wir werden einige unserer Genie-Kollegen abholen, um uns zum Treffen des SCIENTIA in London zu versammeln. Wo genau dieses Treffen abgehalten wird? Nun, in der Villa keines Geringeren als Isaac Newton.

Sie mögen sich noch fragen, wofür SCIENTIA eigentlich steht. SCIENTIA steht für »Sophisticated Club of Etceinellgin, Exceptionality, Natural sciences, Technology, Inventions and Baargel«.

Nein, Sie merken sicher, da ist mir ein Fehler unterlaufen. Ich habe bei zwei Wörtern die Buchstaben durcheinandergebracht. Bitte korrigieren Sie mich!

LEONARDOS FLUGGERÄT

Gut, dass du nun Zeit hast, Leonardo. Ich muss noch einige Vorbereitungen für unseren Abflug treffen, näch. Kümmere du dich bitte solange um unseren Prüfling. Ich habe ihn bereits im Groben über den SCIENTIA und seine Mission in Kenntnis gesetzt. Vielleicht ist es ja auch schon so weit für die erste … du weißt, was ich meine. Habe die Ehre!«

Va bene! Ich, Leonardo, freue mich, Ihnen Gesellschaft leisten zu dürfen. Sie haben sich ja nun schon sehr wacker einigen unserer Prüfungen unterzogen. Ihre bisherigen Leistungen machen einen sehr guten Eindruck, auch wenn Sie natürlich längst nicht an mein Genie heranreichen.

Doch nun stehen Sie einmal auf, auch wenn nicht viel Platz ist in diesem Zeppelin, denn ich möchte Ihnen ein sehr kostbares Geschenk überreichen – eine von sieben Insignien des Wissens, die Sie benötigen, um in unseren Klub aufgenommen zu werden. Nehmen Sie meine geliebte Schreibfeder an sich! Ich darf Ihnen sagen, sie eignet sich besonders gut, um in Spiegelschrift zu schreiben. Bedenken Sie: Intelligenz und Kreativität sind wertvoller als alles Gold – und diese Schreibfeder ist wertvoller als ein Diamant. Behüten Sie sie wie Ihren Augapfel!

Fliegen Sie eigentlich gern? Sagen Sie es bitte nicht dem Grafen, aber ich finde den Zeppelin mit seiner Gasfüllung ein wenig primitiv und auch gefährlich. Schon einige hundert Jahre früher habe ich Fluggeräte entworfen, die zwar nie gebaut wurden – aber doch als Vorbild für die modernen Flugzeuge und auch Hubschrauber gelten können. Schauen Sie sich doch einmal an, was ich da gezeichnet habe!

Ich denke mal, dieses Fluggerät bringt es auf eine Geschwindigkeit von 60 Stundenkilometern. Ein Schiff, das mit der Strömung fährt, erreicht hingegen nur 40 Stundenkilometer. Und nach wie vielen Kilometern könnte ich demnach mit meinem Fluggerät ein Schiff einholen, das vor 10 Minuten abgefahren ist?

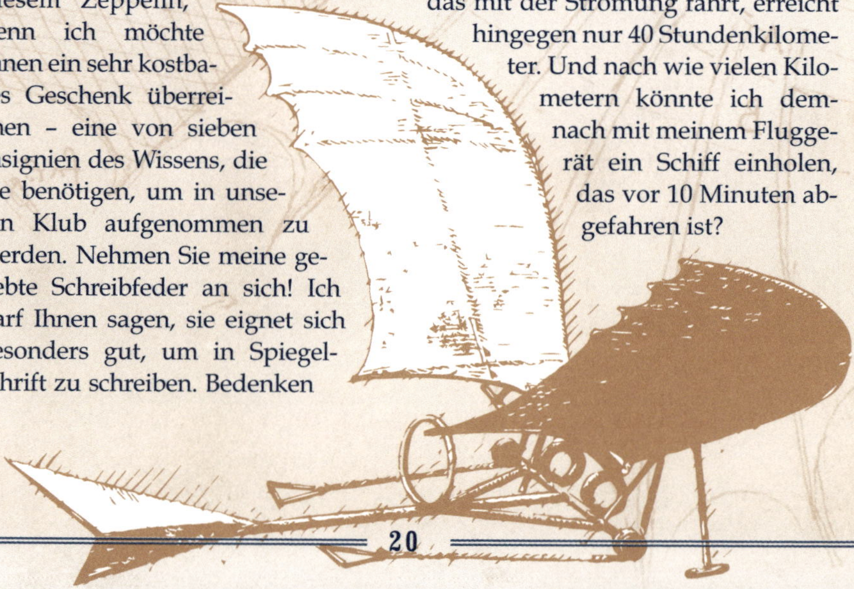

BALLAST AN BORD

Nun geht es los, wir können starten, pünktlich, wie es sich nach deutscher Art geziemt! Unser nächster Halt wird Syrakus sein. Dort werden wir den Herren Archimedes abholen, näch.«

»Ferdinand, du hast mir ja noch gar nicht gesagt, dass der alte Archie auch zu unserem Treffen mitkommt. Schön, dann lasst uns losfliegen! Hast du denn genug Ballastsäcke an Bord?«

»Aber Leonardo, das hier ist ein modernes Luftschiff, näch! Wir transportieren keine Säcke, sondern lassen zum Auftriebsausgleich Wasserstoff ab.«

Jedoch, wenn wir Ballastsäcke an Bord hätten: Wie viele Ballastsäcke zu 1, 2, 5, 10 und 50 Kilogramm würden wir mindestens benötigen, um jeden Kilogrammwert von 1 bis 200 bilden zu können?

EINTRAG INS LOGBUCH

Ordnung muss sein! Ich muss unsere Reise noch ins Logbuch eintragen, näch. Welchen Wochentag haben wir denn heute, Leonardo?«

»Also, Giacomo sagte mir heute Morgen, es wäre Mittwoch. Pietro meinte allerdings, Mittwoch wäre erst morgen. Christina war der Meinung, Mittwoch wäre gestern gewesen. Alessandro sagte: ›Heute ist Samstag!‹. Josefina widersprach: ›Samstag war gestern!‹ Franco ließ verlauten, dass heute Samstag oder Montag sei. Und Giuliana meinte: ›Heute ist nicht Samstag.‹«

SAGEN SIE MIR:
Welchen Wochentag haben wir heute, wenn nur eine der von mir genannten Personen recht hat?

WOLKEN

Genießen Sie die wunderbare Aussicht, während wir in meinem Zeppelin durch die Lüfte fahren! Und schauen Sie mal: die vielen Wolken! Zeichnen Sie diese doch einmal in das folgende Raster ein! Jede Wolke ist mindestens zwei Zellen breit und zwei Zellen hoch und hat keinerlei Ausbuchtungen. Die Wolken berühren einander nicht, weder horizontal, vertikal noch diagonal. Am Rand steht, wie viele Zellen einer Zeile oder Spalte mit Wolken belegt sind.

										3
										7
										4
										7
										3
										6
										3
										7
										4
										0
6	6	3	3	5	2	0	7	7	5	

PRALINEN

Nun ist es gar nicht mehr weit bis Syrakus, das an der Ostküste Siziliens liegt und einstmals eine griechische Kolonie war, näch. Bereiten Sie sich schon einmal auf die Landung vor! Dabei keine Bange: In meinem mit deutscher Gründlichkeit gebauten Zeppelin fahren und landen Sie stets völlig sicher.

»Ähm, darf ich dich an dieser Stelle an Lakehurst erinnern? Da ist doch einer deiner Zeppeline in Flammen aufgegangen.«

»Leonardo, das war im Jahr 1937 – da war ich schon 20 Jahre nicht mehr am Leben und kann deshalb gar nichts davon wissen! Biete lieber unserem Gast eine von deinen Pralinen an, denn du hast noch mehr davon als ich!«

»Stimmt nicht, Ferdinand, du hast mehr! Gibst du mir eine Praline, habe ich so viele wie du. Gebe ich dir eine Praline, hast du doppelt so viele wie ich. Jaja, mia mamma sagte immer: ›Das Leben ist wie eine Schachtel Pralinen – man weiß nie, wie viele drin sind.‹«

ICH WÜRDE GERN VON IHNEN WISSEN:
Wie viele Pralinen haben Leonardo und Graf Zeppelin?

DAS ALTER DES ARCHIMEDES

Schon gut, schon gut! Gerechtigkeit ist eine deutsche Tugend, näch. Genehmigen Sie sich gern eine Praline von mir! Doch jetzt sehen Sie erst mal nach unten! Das ist bereits Syrakus. Nanu, wer reckt uns denn da seine Faust entgegen und schreit uns etwas zu? Wer ist dieser wütende Mann?

»Erkennst du ihn nicht, Ferdinand? Das ist doch der alte Archimedes, unser Archie.«

»Aber was ruft er? Kannst du es verstehen, Leonardo?«

»Ja, er zetert vor Wut und ruft: ›Stört meine Kreise nicht, ihr Deppen!‹ Lass uns lieber etwas abseits auf dem Feld dort landen und zu ihm gehen, wenn es dunkel ist. Nicht, dass die Römer denken, wir hätten was mit diesem schrägen Typen zu tun. Mensch, hat der Archie Falten bekommen! Der sollte nicht so lange in der Sonne brutzeln! Wie alt ist er denn? Weißt du das, Ferdinand?«

»Also, ich weiß nur, dass Archimedes und sein Enkel zusammen 100 Jahre alt sind. Vor zehn Jahren war Archimedes dreimal älter als sein Enkel.«

REICHEN WIR DIE FRAGE AN SIE WEITER:

Wie alt ist Archimedes?

EIN FELD FÜR DIE LANDUNG

Schau, Ferdinand, ein Feld mit einem Teich. Können wir mit dem Zeppelin vielleicht dort landen?«

»Sehr gut, Leonardo! Das Feld ist groß genug und ich werde mich nun um die Landung kümmern. Magst du unserem Gast solange ein Rätsel zu dem Feld stellen?«

Sie wissen, dass ich, Leonardo, neugierig bin und mir stets viele Fragen stelle. Doch nun stelle ich Ihnen eine Frage: Wie lässt sich das Feld in vier gleich große Teile teilen, und zwar so, dass jeder Teil ein Stück des Teiches enthält?

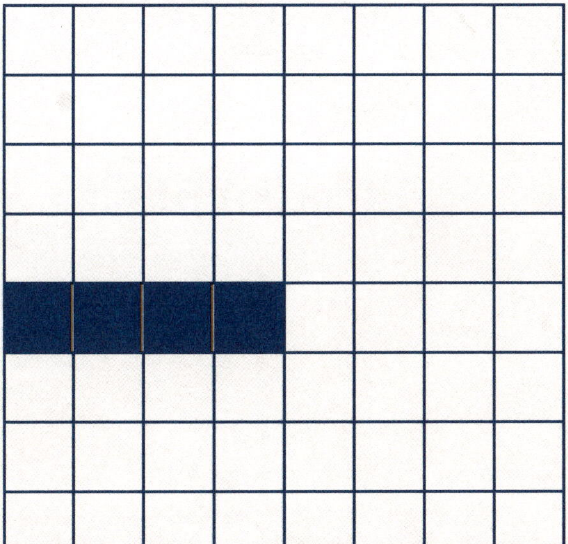

DIE BRÜCKE

Wie ich es euch versprochen habe, sind wir sicher gelandet. Ein Deutscher hält sein Wort, näch! Nun alles ausgestiegen! Wir können uns gleich auf den Weg zu Archimedes machen. Meine Mannschaft kümmert sich um diesen fantastischen Zeppelin. Nur mein Adjutant Fritz wird uns begleiten.

»Auweia, Ferdinand, es ist aber schon ziemlich dunkel und der Mond wird durch Wolken verdeckt. Hast du eine Taschenlampe dabei?«

»Ja, Leonardo, habe ich. Warte, ich schalte sie ein und leuchte uns den Weg. Diese Brücke da vorn – ist das nicht eine Leonardo-Brücke, wie du sie konstruiert hast?«

»Oh ja, tatsächlich! Keine Ahnung, wer die hier aufgebaut hat. Ist ja auch egal! Über diese morsche Brücke sollten jedenfalls höchstens zwei Personen gleichzeitig gehen und eine Person soll dabei mit der Taschenlampe leuchten. Ich schätze, unser Gast benötigt für die Überquerung der Brücke nur 1 Minute, Fritz braucht 2 Minuten, ich brauche 3 Minuten und Ferdinand, nichts für ungut, du brauchst 5 Minuten.«

SAGEN SIE MIR:
Wie lange brauchen Sie mindestens, um mit mir, dem Grafen und Fritz die Brücke sicher zu überqueren?

ZWEI SANDUHREN

Leonardo, kennst du eigentlich die Adresse von Archimedes? Wie lange müssen wir noch gehen?«

»Also, ich glaube, er wohnt in der Heureka-Gasse 17. Bei unserem jetzigen Tempo müssten wir in 11 Minuten dort sein. Wenn du die Zeit stoppen möchtest, gebe ich dir gern meine beiden Sanduhren. Eine läuft 3 Minuten lang, die andere 7 Minuten.«

MEINE FRAGE AN SIE:
Wie lassen sich mit den beiden Sanduhren 11 Minuten abmessen?

DIE ZAHLENPYRAMIDE

Moment, jaja, ich komme gleich! Ich fahre nur noch schnell den Rechner herunter. Wer klopft denn zu nachtschlafender Stunde an die Haustür des Archimedes?«

»Ich bin es, Leonardo, zusammen mit dem Grafen Zeppelin, seinem Adjutanten Fritz und einem begabten Prüfling.«

»Na schön, so tretet halt ein! Aber dass ihr mir die Finger von meinen Geräten und Unterlagen lasst! Deren Sinn und Zweck erschließt sich euch Grünschnäbeln sowieso nicht.«

»Bitte keine Anfeindungen, mein werter Archimedes! Leonardo und ich haben auch Großes geleistet, näch.«

»Weißt du was, Ferdinand, halt doch besser den Mund! Wenn du dein Luftschiff-Ungetüm mit meinen eigenen Werken vergleichen willst, dann schieße ich dich mit dem von mir entworfenen Katapult zurück auf das Feld, auf dem ihr gelandet seid!«

»Archie, bleib ruhig! Ferdinand hat es nicht so gemeint. Begrüße nun lieber auch mal unseren Prüfling!«

Na schön, Sie machen ja einen ganz ordentlichen Eindruck. So heiße ich Sie willkommen! Ich, Archimedes von Syrakus, bin nun schon ein alter Mann. Ich lebte im 3. Jahrhundert vor Christus und habe allerlei kluge Schriften verfasst: über die Quadratur der Parabel, über Kugel und Zylinder, über schwimmende Körper und mehr. Ich habe die Hebelgesetze und das archimedische Prinzip gefunden. Ich habe mit meinen Entdeckungen und Erfindungen die Mathematik und die Technik vorangebracht. Nicht ohne Grund heißt man mich eines der größten Genies der Menschheitsgeschichte.

Wissen Sie, wir Genies streben einfach immer nach Höherem – so wie die Zahlen in dieser Pyramide. Die Summe der Zahlen in zwei benachbarten Feldern steht jeweils im Feld darüber. Gelingt es Ihnen die leeren Felder auszufüllen?

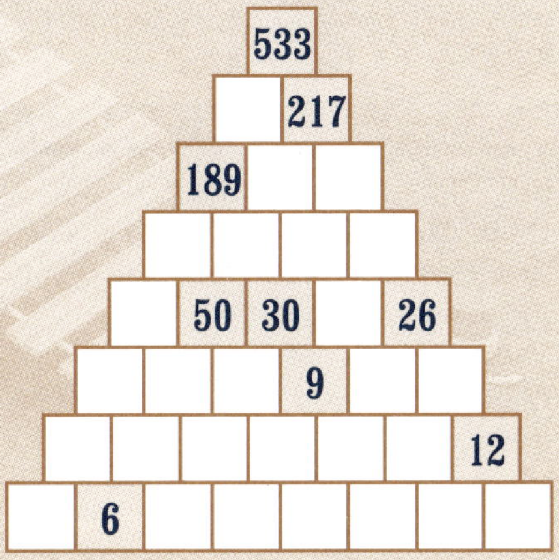

ZELTLAGER

Ihr habt eine weite Reise hinter euch und es ist schon spät. Lasst uns jetzt schlafen und morgen weitersprechen. Mein Haus ist zu klein, um euch Obdach zu gewähren. Doch nehmt gern diese vier Zelte und stellt sie in meinem Garten auf. Beachtet, dass jedes Zelt direkt bei einem Baum stehen muss, zwei Zelte sich jedoch nicht berühren dürfen!

Hier ein Plan, wo die Bäume stehen. Die Zahlen am Rand geben an, wie viele Zelte in der jeweiligen Zeile oder Spalte stehen dürfen. Wo werden die vier Zelte aufgebaut?

WASSER MARSCH!

Guten Morgen! Ich hoffe, Sie haben in meinem Garten gut genächtigt. Dank der von mir konstruierten archimedischen Schraube können Sie sich mit Wasser waschen. Denn damit lässt sich Wasser aus der Zisterne dort unten in mein Haus hier oben befördern.

Ich habe sogar vier archimedische Schrauben angebracht, damit der Waschzuber schneller gefüllt wird. Mit der ersten Schraube ist der Zuber innerhalb von 10 Minuten voll, mit der zweiten Schraube dauert es 20 Minuten, mit der dritten Schraube dauert es 30 Minuten und mit der vierten Schraube dauert es eine Stunde.

SAGEN SIE MIR:
Nach wie vielen Minuten ist der Waschzuber voll, wenn alle vier archimedischen Schrauben gleichzeitig verwendet werden?

ALLES IM EIMER

Leonardo, du wäschst dich gefälligst ebenfalls! Ihr Künstlertypen meint doch, ihr könnt eine Woche das gleiche Hemd tragen und immer noch duften wie eine Sommerwiese. Los, da steht der Waschzuber!«

Sie riechen gut, werter Prüfling, ganz zu meinem Wohlgefallen. Wissen Sie, mein Nachbar verfügt nicht über eine archimedische Schraube. Er lässt seinen Waschzuber von einem Sklaven füllen.

DA FÄLLT MIR FOLGENDE FRAGE EIN:
Angenommen, Sie sollen mithilfe zweier Eimer 4 Liter Wasser abmessen. Der eine Eimer fasst 3 Liter, der andere 5 Liter. Wie gehen Sie vor?

RÖMISCHE ZAHLEN

Diese blöden Römer stören ständig meine Kreise! Gestern habe ich deshalb einem römischen Konsul meine Meinung gegeigt. Er hat mein Grundstück betreten und wollte mich volltexten. Daraufhin habe ich ihn mit dem Strohbesen verjagt und ihm nachgerufen: *»Störe meine Kreise nicht, du gestörter Greis! Verzieh dich!«* Vielleicht habe ich es etwas übertrieben? Ich hoffe mal, das hat kein Nachspiel.

Immerhin eignen sich die römischen Zahlen ganz gut für Rätsel. Können Sie mir sagen, wie ein Streichholz umgelegt werden muss, damit diese Gleichung aus römischen Zahlen stimmt?

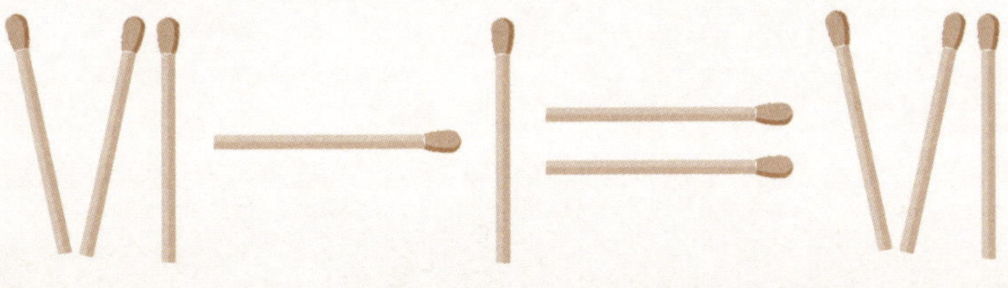

HEBELWIRKUNG

Die Römer sind sowieso nicht sonderlich gut auf mich zu sprechen. Das mag daran liegen, dass ich diesem Mistvolk mit meinen Erfindungen die Eroberung von Syrakus, na, sagen wir, erschwert habe. Eine dieser Erfindungen war ein Kran, den ihr heute »Kralle des Archimedes« nennt. Damit ließen sich angreifende Schiffe aus dem Wasser heben – den von mir entdeckten Hebelgesetzen sei Dank!

Oder ob mir die Römer wohl meine Katapulte übel nehmen, mit denen wir sie beschossen haben? Oder meine Brennspiegel, mit denen wir ihre Schiffe angezündet haben? Dabei bin ich doch ein ganz friedliebender Mensch – zumindest dann, wenn ich für mich allein bin …

WIE DEM AUCH SEI:
Ich möchte Sie nun etwas über die Hebelgesetze fragen. Und zwar sei F die Kraft in Newton und l die Länge eines Kraftarms in Metern. Es gilt:
$F1 \times l1 = F2 \times l2$.
Wie groß ist l2 (der zweite Kraftarm), wenn $F1 = 1$, $F2 = 5$ und $l1 = 10$?

ETWAS AUS DER REIHE

Was ist denn das für ein Lärm da draußen?! Sind das Schritte oder basteln etwa Leonardo und Ferdinand wieder an neuen Fluggeräten? Ich werde mal einen Blick aus dem Fenster werfen. Oh, weh mir, es sind die Römer! Eine schwer bewaffnete Einheit, angeführt von einem Decurio.

Jetzt gehen sie auf Leonardo, Ferdinand und dessen Adjutanten Fritz zu. Die blicken entsetzt. Die Römer ergreifen sie. Und nun, oh nein, sie marschieren zu meiner Haustür. Der Decurio klopft an. Ich muss öffnen.

»Seid ihr der Erfinder Archimedes, den die Leute den streitbaren Mathematiker von Syrakus nennen?«

»Ja, Decurio, der bin ich.«

»Dann kommt mit mir, ihr seid verhaftet, da ihr einen Konsul mit einem Strohbesen angegriffen und schwer beleidigt habt! Wer sind die Leute, die ihr da bei euch habt?«

»Vier Gäste, die von weit her gekommen sind, um mich zu besuchen.«

»Soso. Führt auch sie ab und werft sie in den Kerker! Hier machen wir kurzen Prozess. Denn diesmal hast du den Bogen überspannt, Archimedes!«

Nun wäre es eigentlich Zeit, in Panik zu geraten und schreiend wegzulaufen. Doch mit den gewaltsamen Römern wollen wir uns lieber nicht anlegen. Lassen Sie mich Ihnen zur Beruhigung ein weiteres Rätsel aufgeben.

EINE FRAGE AN DEN PRÜFLING:

Mit welcher römischen Zahl wird die folgende Reihe logisch fortgesetzt?

II, III, V, VIII, XII, …

WAS FÜR EIN OCHSE!

Madonna, Archie, wegen deiner Unbeherrschtheit hocken wir nun alle in diesem Verlies. Wenn ich den Kerkermeister richtig verstanden habe, sind wir in den Zirkus eingeladen – als Hauptdarsteller zusammen mit den Löwen.«

»Hör auf zu schimpfen, Leonardo, das bringt doch nichts, näch! Du siehst, wie Archimedes auf dem Boden kauert und vor sich hin mault. Lasst uns lieber alle zusammen einen Plan schmieden, wie wir hier rauskommen!«

»Heureka!!! Wir setzen uns in einen Käfig und nehmen eine Inversion an den Käfigwänden vor, sodass schließlich die Löwen und die Römer im Käfig sitzen. Oder gebt mir einen Hebel, der nur lang genug ist, und ich werde die Arena mit einem Finger bewegen, und zwar mit dem hier!«

»Nicht böse sein, Archimedes, aber für solche abwegigen Gedankengänge ist jetzt keine Zeit. Leonardo, dein Vorschlag bitte!«

»Wir könnten doch den Römern ein Rätsel stellen und wenn Sie dieses nicht lösen können, kommen wir vielleicht frei. Zum Beispiel folgendes Rätsel.«

SAGEN SIE MIR:

Wenn 5 Ochsen in 5 Minuten 5 Liter Milch geben – wie viel Milch geben dann 20 Ochsen in 20 Minuten?

DAS TOR ZUR FREIHEIT

Deine Idee in Ehren, Leonardo, aber was mich daran stört, ist das Wörtchen ›vielleicht‹. Ich habe einen besseren Plan, näch.«

»Und der wäre?«

»Ich habe einen Römer mit meiner goldenen Taschenuhr bestochen. Dieser hat mir ein Geheimnis verraten. Er sagte, dass einer unserer beiden Wächter stets lügt und der andere stets die Wahrheit sagt, und dass es auf dem Weg zur Arena zwei Tore gibt – eines führt zu den Löwen und das andere in die Freiheit.«

»Aha, das bedeutet, wir haben eine Fifty-fifty-Chance?«

»Aber Leonardo, einem Genie von deinem Kaliber traue ich etwas mehr Esprit zu! Wir müssen nur die richtige Frage stellen, dann kommen wir mit hundertprozentiger Sicherheit frei.«

ICH FRAGE SIE:
Welche Frage müssen wir stellen, damit wir nicht als Fraß für die Löwen enden?

RÖMER UND GRIECHEN

Perfetto, das hat geklappt! Wir sind auf freiem Fuß. Aber nun müssen wir noch zum Zeppelin gelangen, ohne dass die Römer uns fassen. Du, Archie, hör bitte sofort auf, jedem, an dem wir vorbeigehen, dumme Grimassen zu schneiden! Wir müssen uns unauffällig verhalten.«

»Leonardo hat recht, näch. Lasst uns nun erst einmal in den Plan schauen, den mir der bestochene Römer überreicht hat. Überall dort, wo sich Römer befinden, hat er ein kleines Kreuz eingezeichnet und überall dort, wo wir dagegen auf befreundete Griechen treffen, einen großen Punkt.«

Werter Prüfling, übernehmen Sie die Aufgabe, durch das Verbinden von kleinen Punkten mit einer durchgehenden Linie die Flächen einzuzeichnen, auf denen wir alle befreundeten Griechen (große Punkte) treffen, jedoch keinem einzigen Römer (kleine Kreuze) begegnen? Die Zahlen geben Ihnen als Hilfe an, wie viele Linien am jeweiligen Feld vorbeiführen.

	•		•	1	•			•	•		•		3
1		×	•		×	2	2	×					•
1					•	•	2		•		×	•	
	•	3		×				3		•			•
•		×	•	1		×	1		×	×		1	
		•		1				×		•	×		•
•			•			×	×					•	×
×	•	•	×		•	•		•	•		•		•
•		•		•				×				•	×
	•	×	•		1		0		1		0		×
			•	•		•		0		0		•	×
		3					×		×			1	•
	×			1	2	2				×	1		×
	•		3		1		×			•		2	

VORSICHT, FALLE!

Beim Zeus! So einen Nervenkitzel brauche ich nicht jeden Tag! Aber wenigstens sind wir raus aus der Stadt. Dennoch bin ich langsam mit meinem Griechisch am Ende, denn um zum Zeppelin zu gelangen, müssen wir noch über diese Wiese gehen. Die Römer haben sie mit versteckten Fußangeln übersät – die antike Form der Landmine. Ich sage doch: ein garstiges Mistvolk!«

»Beruhige dich bitte, Archimedes! Nun ist es ja nicht mehr weit bis zu meinem Zeppelin. Und der von mir bestochene Römer hat mir auch für diese Wiese einen Plan mitgegeben. Lasst ihn uns zusammen anschauen. Die Zahlen geben an, wie viele Fußangeln jeweils an ein Feld angrenzen – entweder horizontal, vertikal oder diagonal.«

Ermitteln Sie bitte für uns, in welchen Feldern sich Fußangeln befinden, damit wir sicher über diese Wiese gelangen können!

	1	2		3			2					2		1
1				3				3		4			3	
		2			1		2			2				1
	4		3			4			2		4		5	
		6		4				5			2			2
					3		4			1			4	
3				3				3				3		4
	1						1		2		2			
	3	4		4							2		5	
1			3	4					4		3	2		
		3		3			2	2					5	
2	3		3		2				1	2				2
				2		2		2			3		4	
	5	4	2					5		4		2	2	
2					1	2								

ÜBERRUNDET

Hahaha! Ich krieg mich nicht mehr ein. Da hinten stehen die römischen Soldaten und gelangen nicht über ihre eigene Fußangel-Wiese. Ausgetrickst, ihr Dooftrottel!«

»Ja, das hat in der Tat etwas Belustigendes, näch. Nun aber rasch in den Zeppelin eingestiegen und weitergeflogen! Es schlägt bereits 12 Uhr mittags und wir haben noch eine Verabredung mit Johannes Gutenberg in der Großdruckerei des SCIENTIA. Schauen wir, dass wir bis Mitternacht dort angekommen, ein Schläfchen halten und dann morgen früh die Druckerei besichtigen.«

MOMENT, MOMENT …

Noch eine Frage an Sie, bevor wir gleich starten und den rachsüchtigen Römern endgültig entkommen: Wenn jetzt 12 Uhr ist – wie oft überrundet dann der Minutenzeiger den Stundenzeiger auf einer herkömmlichen Uhr bis Mitternacht?

ANTRIEBSPROBLEM

Nun liegt Syrakus unter uns und ein aufregendes Abenteuer hinter uns. In meinem Zeppelin sind wir sicher. Die Wurfspieße der Römer können uns in dieser Höhe nicht mehr erreichen. Sie sehen, Leonardo und Archimedes sind in ihren Sitzen eingeschlafen. Vielleicht sind auch Sie nach all diesen Strapazen ermüdet? Dann können Sie sich auch gern hinlegen. Ich werde mit deutscher Zuverlässigkeit über uns alle wachen.

Oder möchten Sie erfahren, wie mein Zeppelin LZ 1 am 2. Juli 1900 zum ersten Mal in die Lüfte stieg? Der Zeppelin startete um 20:03 Uhr vom Bodensee im Süden Deutschlands aus – vor den Augen von 12000 Zuschauern. Leider musste das Luftschiff bei seiner Jungfernfahrt wegen eines kleinen technischen Defekts schon nach 18 Minuten notlanden. Doch später stellen wir mit ebendiesem Zeppelin einen neuen Geschwindigkeitsrekord von 21,6 Stundenkilometern auf.

Darf ich Ihnen nun noch eine kleine technische Knobelei aufgeben? Die folgende Abbildung zeigt Ihnen einige Scheiben, die durch Riemen miteinander verbunden sind. Die Drehrichtung der Scheibe A ist angegeben. Ermitteln Sie, in welche Richtung sich Scheibe E dreht!

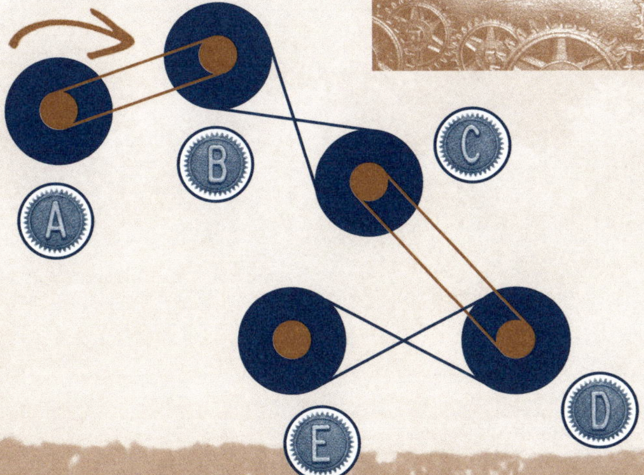

FLUGRÄTSEL

Wir befinden uns nun auf dem Weg nach Mainz zu Johannes Gutenberg. Die Strecke zwischen Syrakus und Mainz fahre ich übrigens öfter hin und zurück. In meiner Mannschaft befinden sich zwei Herren aus diesen Städten, ein Herr aus Mainz und ein Herr aus Syrakus. Diese Herren habe ich in ihrer jeweiligen Heimatstadt angeworben. Sie waren beide nie zuvor geflogen. Einer der Herren ist die Strecke sieben Mal vollständig geflogen, der andere zwölf Mal. Ach, da fällt mir ein weiteres Logikrätsel für Sie ein!

MEINE FRAGE AN SIE:
Aus welcher Stadt stammt der Herr, der öfter geflogen ist?

SALUTE

Über den Wolken, muss die Freiheit wohl grenzenlos sein … Lasst uns feiern und auf unsere wiedererlangte Freiheit anstoßen. Salute, ihr Lieben!«

»Hähä, da bin ich gern dabei. Den großmäuligen Römern haben wir's so richtig gezeigt. Nur Fliegen ist schöner!«

Aha, ich höre Gemurmel, Leonardo und Archimedes sind bereits wieder erwacht. Na schön, dann lassen Sie uns doch mit den beiden anstoßen. Unsere Freiheit ist ja schließlich wirklich ein Grund zum Feiern.

ZUVOR NOCH EINE FRAGE:
Wir sind vier Personen. Wenn wir jeder mit jedem Anstoßen – wie viele Male wird dann insgesamt angestoßen?

EISIGE TEMPERATUREN

Sagt mal, friere nur ich mir den Hintern ab, oder ist es hier im Zeppelin verflucht kalt.«

»Jetzt, wo du es sagst, Archie: In meiner toskanischen Heimat ist es auf alle Fälle wärmer. Ferdinand, ist das normal?«

»Nun ja, wir überfliegen gerade die Alpen, näch. Aber ich gebe euch recht, es ist schon ein wenig frisch im Zeppelin. Ich werde mal die Thermometer überprüfen, die wir an Bord haben.«

An Bord gibt es sehr viele Thermometer! Würden Sie mir bitte bei der Überprüfung der Instrumente helfen? An den Rändern ist jeweils angegeben, wie viele Abschnitte der Thermometer in der jeweiligen Zeile oder Spalte ausgefüllt werden sollen. Die Abschnitte der Thermometer werden durch die Rasterfelder eingeteilt. Die Thermometer werden vom breiten Teil an ausgefüllt, wobei aber nicht unbedingt alle Thermometer ausgefüllt werden müssen.

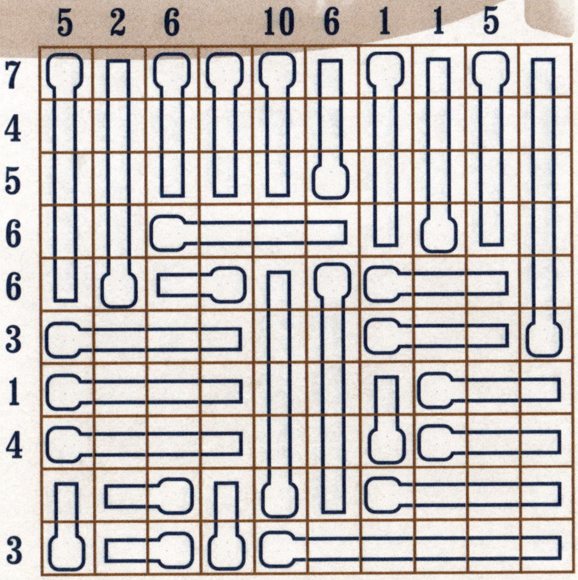

STÜRMISCHE ZEITEN

FERDINAND, FERDINAND, mamma mia!«

»Bitte verbreite keine Hektik, Leonardo, unser werter Gast und ich hatten noch etwas zu erledigen.«

»Keine Hektik?! Hast du denn nicht den Sturm bemerkt, in den der Zeppelin geraten war? Wir kamen uns vor wie auf einer Schiffschaukel. Nicht wahr, Archie?«

»Ja, es war buchstäblich zum Speien. Aber zum Glück ist das Klo schon erfunden. Wo wart ihr denn so lange, du und unser Gast? Ihr wolltet doch bloß die Thermometer ablesen.«

»Das ist richtig, näch. Allerdings gab es noch ein kleines Problem.«

»Ein Problem, ein Problem? Stürzen wir ab? Ave Maria, gratia plena …«

»Nein, wir stürzen selbstverständlich nicht ab. Schließlich ist das ein Fluggerät deutscher Bauart! Allerdings muss ich zugeben, dass die Situation etwas, sagen wir, heikel war. Doch unser werter Gast hat die passende Lösung gefunden. Leonardo und Archimedes, ob auch ihr die Lösung findet?«

SAGT MIR DOCH:

Durch den Sturm haben die Instrumente des Zeppelins verrücktgespielt. Eines der Instrumente dient dazu, den Zeppelin im Gleichgewicht zu halten. Gerade dieses Instrument war ausgefallen und musste neu justiert werden. Hättet ihr das ebenfalls geschafft?

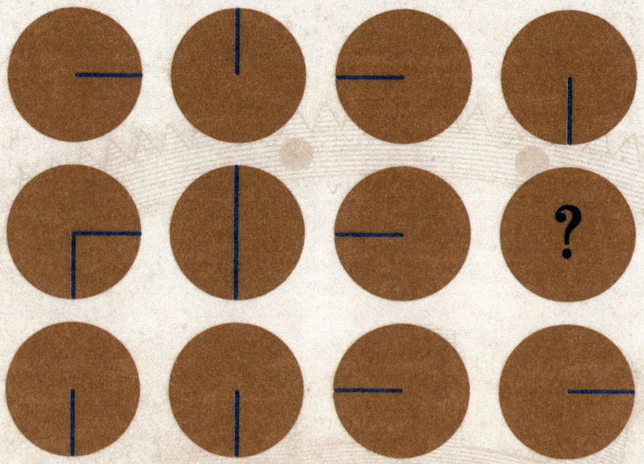

DAS BERÜHREN DER FIGÜREN …

Ferdinand, sollte das etwa schwierig sein? Solche Kopfnüsse knacke ich, Archimedes, täglich mit meinem Hintern.«

Nun möchte ich Ihnen ein wirklich kniffliges Logikrätsel aufgeben. Sie haben ja bereits erfahren, dass ich mich in meinem Leben in großem Ausmaß mit der Geometrie beschäftigt und eine Menge zur Entwicklung der mathematischen Wissenschaft beigetragen habe. Deshalb soll es in meinem Rätsel um geometrische Figuren gehen.

NUN DENN, PRÜFLING!

Zeichnen Sie die fehlenden Quadrate, Dreiecke und Kreise so ein, dass in einer Zeile, Spalte oder Diagonalen niemals drei gleiche Figuren aufeinanderfolgen. Drei aufeinanderfolgende Figuren dürfen aber auch nicht alle verschieden sein. Schaffen Sie es, dieses logische Problem zu lösen?

	■		■		▲						●
■		▲									
	■		■					▲			
	■			■		■		▲	●		
■			●								
		●			▲			▲		▲	
■			●								
	■			■						▲	
	▲				●		■	●			
●			■							▲	
		▲		▲			■				▲

HUNDERT IM QUADRAT

Ich, Archimedes, bin wohl unbestritten das größte Genie aller Zeiten. *»Du halt die Klappe, Leonardo!«* Doch ich muss gestehen, dass ich von Ihrem logischen Verständnis nicht gänzlich unbeeindruckt bin. Deshalb möchte ich Ihnen Ihre zweite Insignie des Wissens überreichen. Es handelt sich um ein Brennglas, mit dem ich schon mal ein paar Kriegsschiffe der Römer abgefackelt habe. Ein von mir innig geliebtes Erinnerungsstück – aber Sie haben es sich nun einigermaßen verdient. Passen Sie aber ja gut darauf auf, sonst raucht es!

Zwei der Insignien besitzen Sie nun – sieben benötigen Sie, um in den illustren Kreis unseres SCIENTIA aufgenommen zu werden. Da liegt noch ein weiter Weg vor Ihnen. Logisch!

»Leonardo, haben wir noch etwas Sekt übrig, um auf diesen Anlass anzustoßen?«

»Aber ja, bitte sehr bitte gleich. Salute uns allen!«

»Auch ich trinke ein Schlückchen mit, obwohl ich gleich die Landung in Mainz vorbereiten muss, näch. Ein dreifaches Hurra auf unseren Gast!«

»Na, na, nun mal nicht übertreiben! Mein Brennglas ist schon Ehre genug.«

8	8	7	2
4	8	5	8
6	2	1	7
7	7	7	2

IHRE AUFGABE:
Verweilen wir noch ein wenig bei meinen geliebten Zahlen. Ergänzen Sie in diesem Raster einige Ziffern bei einigen Zahlen, und zwar so, dass sich in jeder Zeile und Spalte die Summe 100 ergibt.

LÜGEN WIE GEDRUCKT

Molto bene, eine super Landung, Ferdinand!«

»Danke, Leonardo! Und trotz der Meenzer Fassenacht konnten wir uns einen Weg zur Druckerei von Johannes Gutenberg bahnen.«

»Ja, nur der Archie ist uns unterwegs abhandengekommen. Er ist mit einem besoffenen Mädel mitgegangen, weil er glaubt, dass sie sich für Zahlen interessiert. Sie hat ihn nämlich nach ›Sechs‹ gefragt. Na ja, er wird schon rechtzeitig zur Abfahrt wieder auftauchen.«

»So denke ich auch, näch. Aber nun lass uns den Johannes Gutenberg begrüßen, der dort gerade aus der Tür der Druckerei heraustritt. Hallo, mein lieber Johannes!«

»Hallo und herzlich willkommen, Ferdinand und Leonardo. Wen habt ihr denn da bei euch? Und wo habt ihr Archimedes gelassen?«

»Über Archimedes schweigen wir lieber, näch. Aber unseren Gast stellen wir dir gern vor. Es handelt sich um einen besonders talentierten Anwärter für die Aufnahme in den SCIENTIA.«

»Sehr gut, sehr gut! Lasst uns gemeinsam einen Bembel leeren und ein wenig plaudern.«

Ich hoffe, Sie stören sich nicht an meiner Mainzer Mundart, lieber Gast. Ein Bembel ist einfach ein Steinkrug. Wir haben guten Wein hier, den Sie gern kosten dürfen. Kürzlich habe ich mit zwei anderen Personen Wein getrunken. Einer von ihnen, er hieß Peter, behauptete: *»Ich habe 1928 das Buch ›Meine Erlebnisse im Ersten Weltkrieg‹ veröffentlicht.«* Der andere, ein Mann namens Horst, sagte: *»Ich habe 1890 das Buch ›Meine Reisen mit der Eisenbahn‹ veröffentlicht.«*

ICH FRAGE SIE:
Welcher der beiden Männer hat gelogen und wie lässt sich das erkennen?

NEUN ERFINDER

Lieber Johannes, du redest ja wie ein Buch! Nun lass doch lieber mal unseren Gast zu Wort kommen, näch?«

»Schon gut, schon gut! Dass ich wie ein Buch rede, liegt einfach daran, dass ich Bücher sehr liebe. Schließlich habe ich den Buchdruck mit beweglichen Lettern erfunden und damit den modernen Buchdruck, der für eine Verbreitung von Büchern und damit für eine Explosion des Wissens gesorgt hat.«

»D'accordo, aber das wissen wir doch alles. Nun stell' endlich die Frage!«

»Die Frage? Ach so: Was ist unsichtbar und stinkt nach Hase?«

»Per piacere, doch jetzt nicht das mit dem Kaninchenfurz! Die Frage zu den Erfindern, bitte!«

So sei es, werter Gast, dann stelle ich Ihnen eine Frage zu den Erfindern. Genauer gesagt: zu neun britischen Erfindern mit Nachnamen, die jeweils neun Buchstaben haben, die sich wiederum in jedem 9er-Quadrat verbergen. Um welche Erfinder handelt es sich? Ein kleiner Tipp dazu: Es lässt sich bei jedem Namen eine durchgehende Linie vom ersten Buchstaben bis zum letzten Buchstaben ziehen, wobei die Linie sowohl waagerecht als auch senkrecht verlaufen kann.

T	I	R	M	S	H	E	A	M
H	G	W	I	T	U	N	S	K
A	R	K	W	S	R	Y	L	E
P	A	E	W	I	N	H	A	C
T	N	G	K	L	O	S	M	I
R	I	D	I	N	S	O	T	N
A	S	T	E	R	L	N	I	R
R	M	R	K	E	L	G	H	A
G	N	O	C	O	C	T	O	N

Arkwright
Armstrong
Cockerell

Harington
Macintosh
Maskelyne

Pantridge
Wilkinson
Wimshurst

KAUDERWELSCH

Lassen Sie uns nun einen Rundgang durch die Großdruckerei des SCIENTIA unternehmen. Hier drucken wir die großen wissenschaftlichen Werke und Abhandlungen unserer genialen Mitglieder, um auf der ganzen Welt Visionen und Wissen für die Ewigkeit zu verbreiten. Schauen Sie doch, wie fleißig meine Mitarbeiter hier zu Werke gehen.

Oh, warten Sie einmal! Bei diesem Druckwerk hat wohl unsere Maschine verrücktgespielt. Das ist ja das reinste Kauderwelsch! Vielleicht finden Sie ja heraus, was da geschehen ist und welches Sprichwort hier aufgeschrieben wurde?

NJIMCAHRTV FPÜERE DXIREZ SHCKHAUTLIEM
SNOYNGDREERCND FJÜTRÖ DGAVSE
LIEKBCEWNR LNEZRWNEEENE WFIDRU

DER GRÖSSE NACH

Sehr schön, lieber Johannes! Stelle unserem Gast doch noch einige weitere Aufgaben zu Buchstaben, Silben und Sätzen. Leonardo und ich wollen in der Zeit die neuen Flyer des SCIENTIA begutachten.«

»Das mache ich sehr gern, Ferdinand. Geht ihr nur! Unser Gast und ich werden uns solange mit allerlei Sprachrätseln vergnügen.«

Hier habe ich auch schon das nächste Rätsel für Sie. Ordnen Sie die nebenstehenden Buchstaben der Größe nach, um den Namen eines deutschen Erfinders zu erhalten, der im 17. Jahrhundert lebte.

DIE DRUCKERPRESSE

Möchten Sie sich die von mir erfundene Druckerpresse näher ansehen? Das Besondere an meiner Erfindung sind die beweglichen Metallletten. Diese lassen sich zu unterschiedlichen Texten zusammensetzen.

Und noch ein weiteres Buchstaben-Rätsel habe ich für Sie auf Lager, bei dem erneut der Name eines deutschen Erfinders gesucht wird. Der Name besteht aus 17 Buchstaben. Im Moment liegen nur die Konsonanten kreuz und quer verteilt auf dem Tisch, die ein Mitarbeiter für den Druck vorbereitet hat. Erkennen Sie dennoch, welcher Name gedruckt werden soll?

EIN BUCHSTABE ZU VIEL

Und sehen Sie auf diesem Tisch: Hier hat ein Mitarbeiter Buchstaben vorbereitet, die alle eine Eigenschaft gemeinsam haben. Doch ich bemerke gerade: Ein Buchstabe passt nicht in diese Reihe. Finden Sie heraus, welche gemeinsame Eigenschaft die Buchstaben haben und welcher Buchstabe nicht dazugehört?

DIE FEHLENDE SEITE

Von einem meiner Mitarbeiter musste ich mich vor Kurzem trennen. Er hatte die Aufgabe, die Seiten 77 bis 80 aus einem herkömmlichen Buch neu zu setzen. Eine dringende Arbeit, die bis zum Abend erledigt werden sollte! Doch am Abend hatte er lediglich die Seiten 77 bis 79 gesetzt. Er behauptete doch glatt, dass er die letzte Seite nicht setzen konnte, weil jemand das Blatt herausgerissen habe. Natürlich war mir sofort klar, dass er log. Wie konnte ich meinen Mitarbeiter ohne langes Nachdenken der Lüge überführen?

MAHLZEIT IN MAINZ

Johannes, deine Druckerei ist einfach fantastico! Ferdinand und ich sind jedes Mal aufs Neue begeistert, wenn wir dich besuchen. Wohl nicht umsonst hat dich ein amerikanischer Fernsehsender vor einiger Zeit zum Mann des zweiten Jahrtausends gekürt. Obwohl – war das nicht eigentlich ich?«

»Leonardo, wir geben doch alle nur unser Bestes. Auf das Urteil eines amerikanischen Fernsehsenders lege ich keinen besonderen Wert. Nun wollen wir eine Pause einlegen und gemeinsam eine bekömmliche Mahlzeit zu uns nehmen.«

»Das ist ein Wort, näch. Ich freue mich auf die deutsche gutbürgerliche Küche.«

»No, no, Spaghetti, per favore!«

»Ich richte mich nach Leonardo, näch. Eure italienischen Nudelgerichte schmecken doch recht gut. Ich sage voraus, dass es einmal sehr viele italienische Restaurants in Deutschland geben wird.«

»Oder wie wäre es mit einer unserer Mainzer Spezialitäten: einem wohlduftenden Handkäs mit frisch gebackenem Brot, dazu kredenzt ein Bembel Rotwein?«

»Va bene, ich richte mich nach dir, Johannes.«

WIR FRAGEN SIE:
Lieber Gast, was werden wir denn nun zu uns nehmen?

SMS AN ARCHIMEDES

Wo wohl unser Archimedes steckt? Leonardo, könntest du ihm bitte eine SMS schicken. Die Reise in meinem Zeppelin soll ja bald weitergehen. Und das wird eine weite Reise werden – ins ferne Amerika.«

»Oho, aber bitte nicht nach Lakehurst! Va bene, ich werde Archimedes eine SMS mit einer mit ihm vereinbarten geheimen Parole senden, auch wenn das mit meinem alten Handy gar nicht so einfach geht.«

Denn auf der Tastatur dieses alten Handys ist jede Zifferntaste mit mehreren Buchstaben belegt, nämlich:

1: A, B, C	**2: D, E, F**	**3: G, H, I**
4: J, K, L	**5: M, N, O**	**6: P, Q, R**
7: S, T	**8: U, V, W**	**9: X, Y, Z**

Meine SMS an Archimedes lautet: »35 8355 8263717«. Oh, nun habe ich Ihnen lediglich die Ziffern genannt. Können Sie die geheime Parole entziffern?

EIN KLEINER TIPP:
Es handelt sich um ein römisches Sprichwort.

9 × 9

Solange wir auf Archies Antwort warten, können wir unserem Gast doch noch ein weiteres Logikrätsel aufgeben. Was meint ihr?«

»Eine gute Idee, Leonardo, näch! Johannes, hast du noch ein Rätsel auf Lager? Vielleicht was mit Buchstaben?«

»Aber klar! Ihr wisst doch: Die Buchstaben gehen bei mir in der Druckerei nie aus.«

Werter Gast: Sie sehen 9 × 9 Felder. In jedem dieser Felder sowie in jeder Reihe und in jeder Spalte soll ein Buchstabe jeweils nur einmal vorkommen. Bilden Sie aus den neun vorkommenden Buchstaben den Namen eines bedeutenden dänischen Physikers und füllen Sie die leeren Felder.

			R		H		S	I
					N			L
H		S				B		
O					L	N		
R		N			E		B	
			O					
E	H		L		O			
L		O		R			E	H
S					B		R	

ARCHIMEDES' BOTSCHAFT

Ferdinand, Johannes, schaut mal her, Archie hat gerade auf die SMS geantwortet. Allerdings ist seine Botschaft verschlüsselt. Das ist doch typisch für unser antikes Genie! Er schreibt: ›Tjuaf jo efs ibgfocbs voe gvfimf njdi hboa tpoefscbs.‹«

»Also daraus werde ich nicht schlau, näch.«

»Mir sagt die Botschaft ebenfalls nichts, obwohl ich als Buchdrucker täglich mit vielen Texten zu tun habe.«

»Aber Ferdinand, Johannes! Das ist doch ganz simpel. Ich, Leonardo, habe das Prinzip sofort erkannt. Verschoben ist schließlich nicht aufgehoben.«

Vielleicht werden Sie, unser werter Gast, aus der geheimen Botschaft schlau?

SECHS STRASSEN

Also in der Hafenbar steckt der Recke. Als ehemaliger Offizier kann ich solche Undiszipliniertheit keineswegs billigen.«

»Och, Ferdinand, gönne doch einem alten Mann sein Vergnügen. Aber Johannes, sag, welche Kneipe könnte Archimedes wohl meinen?«

»Ich kenne sie natürlich nur vom Hörensagen, die Spelunke am alten Rheinhafen. Gern werde ich euch dorthin begleiten.«

Wir müssen durch sechs Straßen gehen, die auf logische Weise nummeriert sind. Die ersten fünf Straßen sind mit den Zahlen 1, 2, 5, 14, 41 nummeriert. Welche Nummer trägt die nächste Straße?

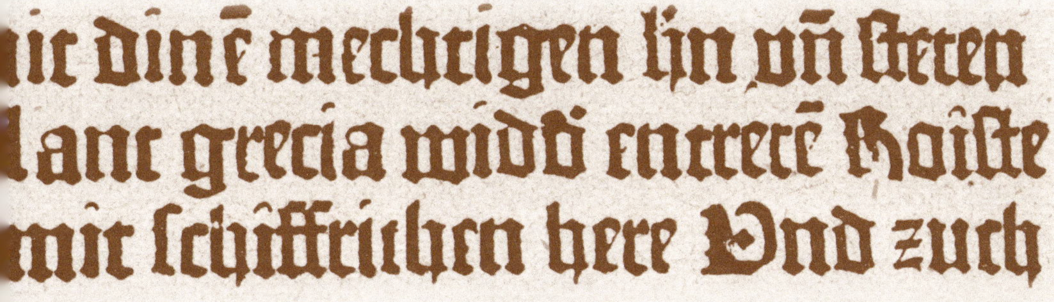

IN DER HAFENBAR

Schaut, das ist die Kneipe, lasst uns eintreten!«

»Gut, Johannes gehe du voran! Leonardo und ich folgen dir, näch.«

»Attenzione, jetzt kommen wir! Ui, seht euch mal an, wie viele Leute am Stammtisch sitzen.«

»Ja, obwohl ich diese Spelunke selbstverständlich nicht kenne, weiß ich, dass um den Stammtisch herum neben einer Person, die stets lügt, eine Person sitzt, die stets die Wahrheit sagt. Und jede Person sagt über seine Sitznachbarn, sie seien Lügner.«

»Danke für diese Auskunft, Johannes, näch. Ich höre gerade einen Mann an diesem Tisch sagen, an dem Tisch säßen elf Personen. Eine ebenfalls an dem Tisch sitzende Frau erwidert, der Mann lüge, es wären nur zehn Personen.«

Wie viele Personen sitzen denn nun an dem Tisch?

KARTENLOGIK

Ah, seht mal, da hinten sitzt unser lieber Archimedes. Er scheint mit einigen Damen Karten zu spielen, näch.«

»Hallo Leute! Prima, dass ihr gekommen seid. Nein, nein, keine Sorge, weder pokere ich, noch klopfe ich einen Skat. Und nein: Ich bin auch kaum betrunken. Ich habe diesen jungen Damen lediglich ein Logikrätsel aufgegeben.«

KÖNNEN SIE ES LÖSEN?

Vor Ihnen liegen vier Karten. Auf der ersten Karte sehen Sie den Buchstaben A, auf der zweiten Karte den Buchstaben F, auf der dritten Karte die Zahl 2 und auf der vierten Karte die Zahl 5. Die Behauptung lautet: Befindet sich auf der einen Seite ein Vokal, so steht auf der anderen Seite der Karte eine gerade Zahl. Sie dürfen nur zwei Karten umdrehen, um diese Behauptung zu beweisen. Welche beiden Karten drehen Sie um?

BITTE MIT ZAHLEN!

Ein schönes Rätsel, mein lieber Archimedes! Und eine doch recht angenehme Atmosphäre in dieser Gaststätte, auch wenn sie eines Grafen nicht ganz angemessen ist. Bestellen wir uns etwas zu trinken, bevor wir nach Amerika aufbrechen.«

»Das ist ein Wort, Ferdinand! Vino, per favore! Und du, Archie, erfreue uns doch bitte mit einem weiteren Logikrätsel!«

»Was? Ihr wollt noch eines meiner Rätsel lösen? Na gut, dann aber bitte mit Zahlen ...«

Im folgenden Raster soll jede Zahl in einer Reihe und Spalte genau einmal vorkommen; die Felder mit den überschüssigen Zahlen werden geschwärzt. Geschwärzte Felder dürfen in der Diagonalen miteinander verbunden sein, nicht jedoch in der Waagerechten oder Senkrechten. Die weißen Felder sollen hingegen entweder waagerecht oder senkrecht mit mindestens einem weiteren weißen Feld verbunden sein.

13	1	6	5	1	13	7	9	9	6	14	1	16	3	7	11
12	10	1	16	7	1	15	5	2	4	3	13	2	8	14	8
6	14	10	8	15	8	7	16	4	13	8	11	7	6	3	12
16	10	14	7	1	6	10	2	14	11	6	8	10	4	9	2
2	9	11	15	10	5	16	7	11	4	4	12	1	13	12	16
14	6	9	6	14	16	3	15	2	12	13	15	10	12	4	2
15	4	6	10	15	2	15	1	12	11	11	16	4	8	16	7
6	13	9	14	9	14	6	10	9	16	8	2	3	12	11	15
10	11	13	16	6	15	10	14	16	11	12	1	9	5	16	1
14	7	11	9	14	1	13	5	2	7	5	15	6	10	12	10
2	12	6	6	13	9	11	9	14	15	1	1	4	2	4	14
9	5	12	10	11	14	5	6	15	16	2	10	6	7	16	10
6	16	9	13	8	15	12	4	9	10	7	12	11	15	2	9
14	2	16	5	12	9	5	2	10	14	8	3	8	7	7	16
13	7	2	8	13	6	16	11	14	16	1	9	16	10	15	4
11	4	7	12	16	4	12	8	4	9	10	13	5	14	9	13

BUCHSTABEN-RÄTSEL

Liebe Leute, es war schön euch zu treffen, aber nun muss ich mich doch zurück in die Druckerei begeben. Viele weitere bedeutende Werke der Mitglieder unseres SCIENTIA harren ihrer Veröffentlichung. Noch ein weiteres Buchstaben-Rätsel möchte ich unserem Gast aufgeben, sodann gehabt euch wohl!«

LIEBER GAST:

Füllen Sie die Felder in diesem Raster so aus, dass in jeder Reihe und in jeder Spalte die Buchstaben A bis G jeweils genau einmal vorkommen. An den Rändern ist jeweils angegeben, mit welchem Buchstaben aus der entsprechenden Richtung begonnen wird. Aber aufgepasst: Zwei Felder in jeder Reihe und Spalte bleiben leer!

	F		C	E		G	B	F	G	
D										F
F								B		
E		B	G	F						D
	D	G		A		F		C		B
B								G		
	C			D						E
		A				B	D			F
A							E	D		D
G				B						
	G	E		B	D	B	A	D	C	

SPIEGLEIN, SPIEGLEIN AN DER WAND

Ein ereignisreicher Tag! Nachdem wir in der Hafenbar nun so gut geschlemmt haben, freue ich mich richtig auf ein Schläfchen in deinem Zeppelin, Ferdinand. Wen werden wir denn in Amerika abholen?«

»Halte gern ein erfrischendes Schläfchen, Archimedes! Das kann in deinem Alter nicht schaden, näch. In Amerika nehmen wir den Erfinder Thomas Alva Edison an Bord, der beim Treffen des SCIENTIA in London einen Vortrag halten soll, wie einem am schnellsten ein Licht aufgeht.«

»Benissimo! Noch ein Erfinder-Kollege, und ein fescher dazu. Wie ich uns kenne, werden wir vielleicht auch noch einen Überraschungsgast an Bord nehmen.«

»Wir werden sehen, Leonardo! Nun starten wir erst einmal unsere große Fahrt nach Übersee. Legt euch ruhig schlafen! Wir werden viele Stunden unterwegs sein. Ich werde darüber wachen, dass während unserer Fahrt in meinem großartigen Zeppelin alles problemlos verläuft.«

»Perfetto, Ferdinand! Doch bevor ich mich in Morpheus Arme begebe, möchte ich unserem Gast doch noch eine Kopfnuss zu knacken geben.«

Sie wissen sicherlich, werter Gast, dass ich, der unsterbliche Leonardo, viele meiner Manuskripte in Spiegelschrift verfasste. Und zum Spiegel fällt mir ein: Warum erscheint in einem Spiegel, der an der Wand hängt, eigentlich links und rechts vertauscht, nicht jedoch oben und unten?

WIEDER GESPIEGELT

Uno momento, eine weitere Spiegelfrage habe ich noch an Sie, bevor ich schlummern werde. Nehmen Sie an, Sie befinden sich in einem Raum, in dem alle Wände aus Spiegeln bestehen, der keine Fenster hat und in dem sich nichts befindet als Sie selbst. Wie oft würden Sie sich in den Spiegeln sehen?

NUR GERADE ZAHLEN

Möchten auch Sie schlafen, werter Gast, so wie Leonardo und Archimedes, während wir mit meinem Zeppelin den Atlantischen Ozean überqueren? Wir haben nun sehr viel Zeit, denn mit einem modernen Airbus ist dieses Luftschiff nicht vergleichbar. Im Zeppelin ist noch die Gemächlichkeit der sogenannten guten alten Zeit angesagt.

Sie sind noch nicht müde? Wie schön! Dann können wir uns beide ein wenig mit weiteren Rätseln unterhalten.

Wo wir gerade über die gute alte Zeit plaudern: In Ihrem dritten Jahrtausend gibt es ja viele Datumsangaben, die nur gerade Zahlen oder die Null enthalten, zum Beispiel den 6.8.2024. Aber wann gab es vor dem Jahr 2000 ein solches, nur aus geraden Zahlen oder der Null bestehendes Datum?

AUF ABSTAND

Eine knifflige Frage hat mir Archimedes, bevor er sich schlafen legte, für Sie aufgegeben.

Nehmen wir an, die Erde wäre eine ideale Kugel mit einem Umfang von exakt 40 000 Kilometern. Um den Äquator herum legen wir nun ein Seil mit einer Länge von 40 000 Kilometern und einem Meter, und zwar so, dass das Seil überall den gleichen Abstand zur Erde hat.

WAS DENKEN SIE?

Wie groß wäre dieser Abstand?

a) 0,00016 Zentimeter
b) 0,016 Zentimeter
c) 16 Zentimeter

SCHIFFE VERSENKEN

Oh, schauen Sie doch einmal nach unten. Sehen Sie die drei Schiffe? Das sind die Santa Maria, die Niña und die Pinta, die unseren Freund Christoph Kolumbus nach Amerika tragen sollen. Ich werde Sie eines Tages mit ihm bekannt machen. Vorerst wollen wir etwas tiefer fliegen und ihm zuwinken.

»He, Moment mal! Wer ist denn das Mädchen mit dem Plakat, das da auf der Santa Maria hockt?«

»Oh, Archimedes, du bist wach? Ich habe von dem Mädchen in der Zeitung gelesen, näch. Sie ist Schwedin und behauptet, dass sich die Erde durch die Verschmutzung der Umwelt erwärmt oder so ähnlich. Nun möchte Sie klimaneutral nach Amerika reisen und hat Christoph Kolumbus gebeten, sie mitzunehmen.«

»Aha, alles unklar. Ich schlafe weiter.«

»In Ordnung, gute Nacht, näch.«

Christoph Kolumbus bringt mich nun von der Luftschifffahrt zur Seefahrt. Sind Sie mit dem Spiel »Schiffe versenken« vertraut? Natürlich wollen wir nicht die Schiffe von unserem lieben Kolumbus zum Kentern bringen.

Sehen Sie sich das folgende Raster an! Darin befinden sich bereits ein Unterseeboot (1 Feld) sowie zwei Schiffsteile. Insgesamt sollen in dem Raster vier Unterseeboote, drei Torpedoboote (2 Felder), zwei Panzerkreuzer (3 Felder) sowie ein Großlinienschiff (4 Felder) zu sehen sein. An den Rändern ist eingetragen, wie viele Unterseeboote beziehungsweise Schiffsteile sich jeweils in einer Reihe oder Spalte befinden. Ihre Aufgabe ist es nun, die fehlenden Schiffe oder Schiffsteile mit in das Raster einzuzeichnen. Alle Schiffe haben zueinander einen Abstand von mindestens einem freien Feld.

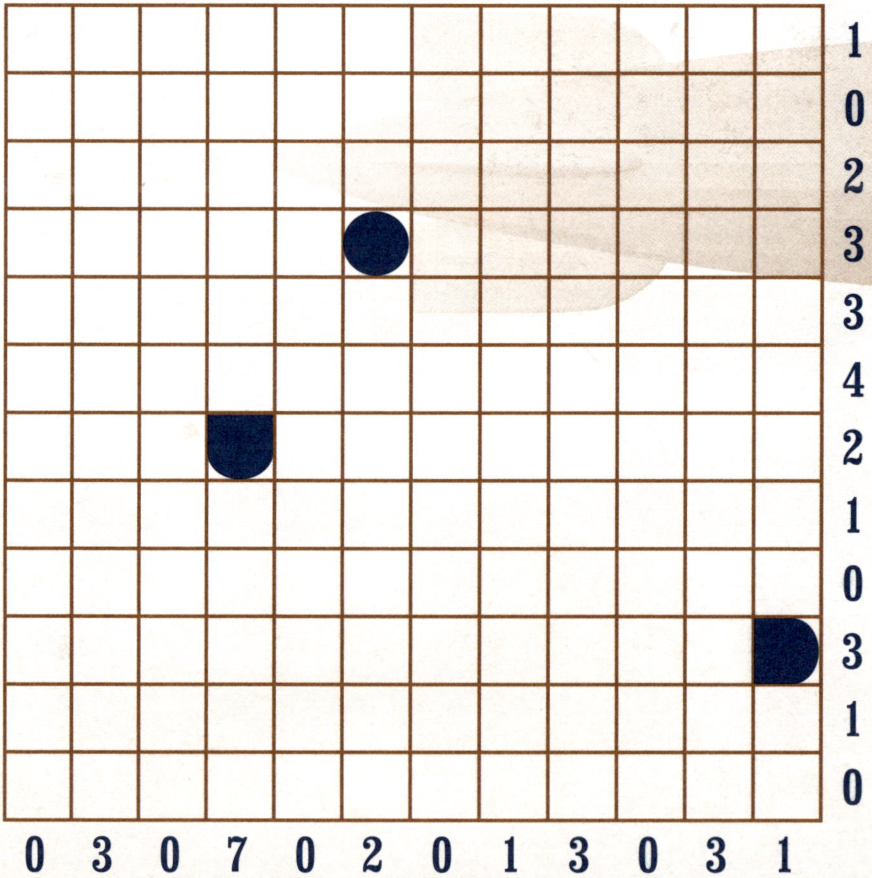

WAS WIEGT DER ZEPPELIN?

Jetzt ist es gar nicht mehr weit bis nach Amerika. Eine kleine Logikfrage zu meinem Zeppelin möchte ich Ihnen aber noch stellen.

ÜBERLEGEN SIE KURZ:
Wenn dieser Zeppelin 6 Tonnen plus die Hälfte seines Gewichts wiegt – wie schwer ist dann der Zeppelin?

STERNEN-LOGIK

Ich seh den Sternenhimmel, Sternenhimmel, Sternenhimmel, oh-oh …«

»Leonardo, Archimedes, ein nettes Ständchen bringt ihr uns da! In der Tat haben wir heute einen schönen Sternenhimmel da draußen.«

Im folgenden Raster sind allerdings noch keine Sterne eingezeichnet, sondern lediglich Planeten. Einige dieser Planeten werden horizontal und vertikal von Sternen beleuchtet, andere nicht. Zeichnen Sie die leuchtenden Sterne in das Raster ein, und zwar so, dass sich in jeder Reihe und in jeder Spalte genau ein Stern befindet. Außerdem sollen Sie in jeder Reihe und in jeder Spalte genau eine Sternenstaubwolke einzeichnen, welche das Licht eines Sternes zu einem Planeten blockiert.

Die Sternenstaubwolken können Sie zum Beispiel durch Quadrate darstellen.

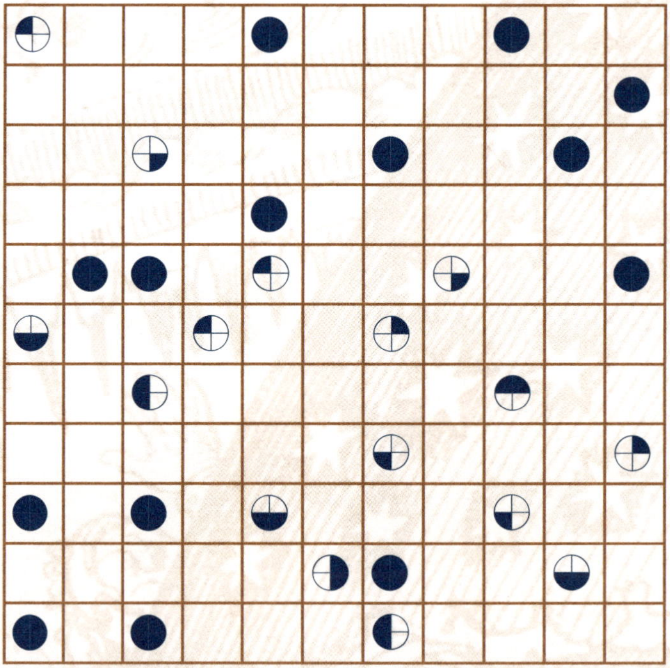

DREI GLÜHLAMPEN

Wir überfliegen nun schon seit geraumer Zeit Amerika und nehmen Kurs auf Menlo Park, näch.«

»Heureka! Ist das ein Vergnügungspark, so was wie Disneyland?«

»Madonna, no! Menlo Park ist eine Stadt in Kalifornien. Dort wurde 1998 Google gegründet.«

»Sehr gut, Leonardo, das stimmt! Allerdings nehmen wir mit meinem Zeppelin nicht Kurs auf die Stadt Menlo Park in Kalifornien. Unser Menlo Park liegt in der Stadt Edison – diese Stadt wurde 1954 nach dem Erfinder Thomas Alva Edison benannt, der dort in seiner Forschungseinrichtung eine ganze Reihe bahnbrechender Erfindungen tätigte.«

»Na, ich hoffe mal, du zählst zu diesen Erfindungen nicht auch den elektrischen Stuhl, den der Edi mitentwickelt hat.«

»Nein, nein, Leonardo! Wir sprechen hier unter anderem vom Phonographen zur Aufzeichnung und Wiedergabe von Tönen sowie von einer funktionstüchtigen Glühlampe, die sich schon bald auf der ganzen Welt ausbreiten sollte.«

»Ich will aber nach Disneyland!«

»Dafür ist keine Zeit, Archimedes! Wir landen jetzt, näch.«

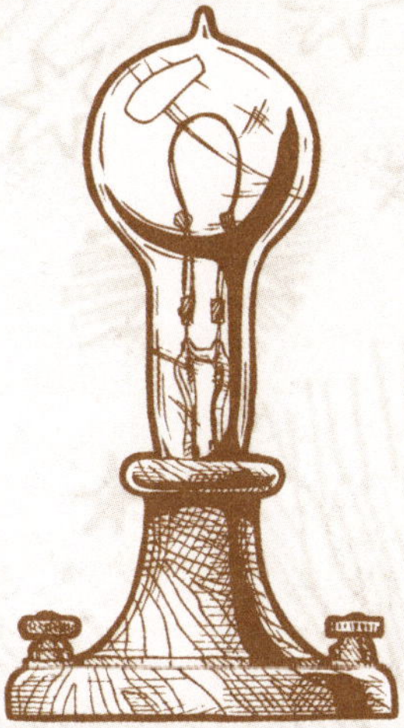

Bevor wir nun gleich unseren Erfinder-Kollegen Thomas Alva Edison begrüßen werden, möchte ich Ihnen noch etwas zu denken geben. Stellen Sie sich vor, Sie befinden sich im Keller Ihres Hauses. Dort befinden sich drei Lichtschalter, die auf »Aus« stehen. Mit diesen Lichtschaltern werden Glühlampen im Erdgeschoss eingeschaltet – Sie wissen jedoch nicht, welcher Schalter für welche Glühlampe zuständig ist. Um die Zuordnung zu überprüfen, dürfen Sie nur ein einziges Mal vom Keller ins Erdgeschoss steigen.
Wie gehen Sie vor?

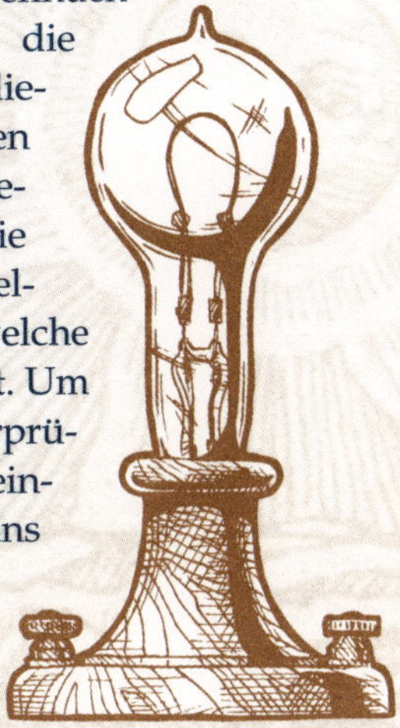

SCHNELLSTART-CODE

Wo ist er denn nun, der tolle Edi mit seinen vielen Patenten? Ist er noch mit der Elektrifizierung von New York City beschäftigt? Oder tüftelt er an einem neuen Betongussverfahren?«

»Nein, Leonardo. Seine Frau Mary hat mir soeben mitgeteilt, dass er sich wohl im Gefängnis befindet. Lasst uns dort gleich einmal hinfahren und herausfinden, was da vor sich geht. Mannschaft, wir starten!«

OH, ICH VERGASS!
Da die Motoren noch warm sind, müssen wir einen Schnellstart-Code eingeben. Wie lautet dieser?

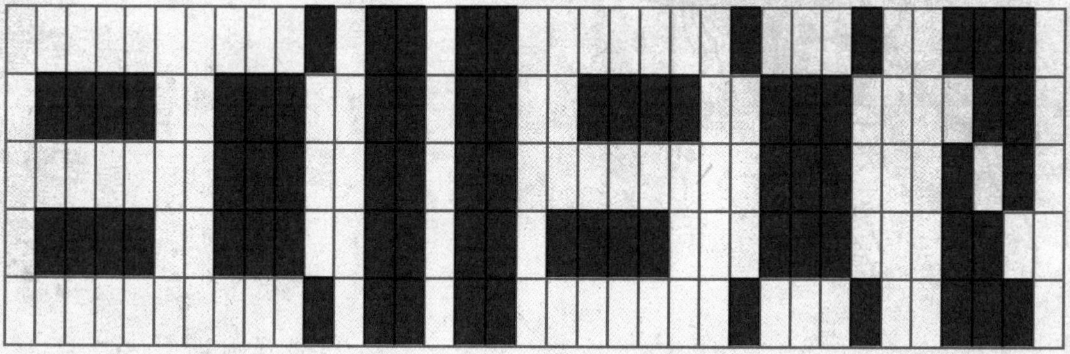

IM GEFÄNGNIS

Verdammter Mist, schon wieder ein Knast!«

»Ja, Archie, aber dieses Mal sitzen wir nicht drin, sondern wir müssen lediglich jemanden rausholen.«

»Sehr richtig, Leonardo! Außerdem habe ich – als guter deutscher Offizier – einen Plan. Ich habe einen Computerspezialisten namens B. Gates beauftragt, die Belüftungswege des Gefängnisses zu skizzieren. Der Kreis links oben, das sind wir. Dort dringen wir in das Gefängnis ein. Der zweite Kreis ist der Standort Edisons.«

VEREHRTER PRÜFLING!
Wie gelangen wir zu Thomas Alva Edison?

VIER QUADRATE

So hier kommen wir nicht weiter. Der Weg ist durch ein Gitter versperrt, näch. Wir müssen zwei Stäbe dieses Gitters entfernen, damit wir durchkriechen können. Haben wir diese Stäbe entfernt, bleiben vier Quadrate übrig.«

HELFEN SIE UNS BEI DIESER AUFGABE!
Welche beiden Stäbe müssen wir entfernen?

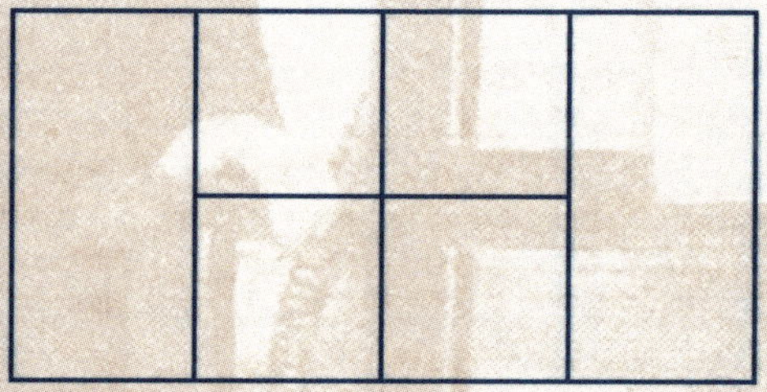

MONEY, MONEY, MONEY

Psssst! Jetzt nur noch das Belüftungsgitter aushebeln, dann haben wir es geschafft. Archie, dafür bist du zuständig! Aber sei dabei ja leise, denn ich höre Stimmen von mehreren Personen in dem Raum unter uns.«

»Okay, okay, ich heble ja schon. Pi mal Daumen gerechnet müsste unser Stemmeisen für diesen Zweck ausreichen. Uff, aarrgh … Schon geschafft!«

»Super, Archie, du bist unser Hebel-Hero! Lasst mich nun mal einen Blick in den Raum werfen … Porca miseria! Ferdinand, Archimedes, das müsst ihr gesehen haben! Ich denke, wir können unsere Befreiungsaktion abbrechen.«

»What the hell! Leonardo? Ferdinand? Archimedes? Was lookt ihr denn aus dieser Luke hervor? Where kommt ihr her? Ich bin – I cannot find the word – speaklos.«

»Hallo Thomas, da haben wir dir wohl was zu erklären, näch. Wir klettern zu dir nach unten.«

»Ciao Edi!«

»Sei gegrüßt, du Junior-Inventor!«

»Welcome, Ferdinand, Leonardo, Archimedes! Ja, kommt herunter da. Wie ihr seht, bastle ich zusammen mit einigen Mitarbeitern gerade an einer invention, einer Erfindung, really electrifying!«

»Das ist doch ein elektrischer Stuhl! Pfui! Aber immer noch besser als von den Römern gekreuzigt zu werden.«

»You're right, Archimedes, dieser elektrische Stuhl soll dazu dienen, Verbrecher auf eine menschliche Art und Weise hinzurichten. Ich muss ihn nur noch mit ein paar Katzen und Pferden testen. Jedoch, wenn ich es richtig sehe, wollt ihr mich zum Treffen des SCIENTIA abholen. No problem, einer meiner Mitarbeiter kann hier für mich übernehmen.«

Oh, ihr habt einen Prüfling bei euch. Auch Ihnen ein herzliches Welcome! Sie kennen sicherlich bereits meinen Namen: Thomas Alva Edison. Ich bin einer der größten Erfinder der Menschheitsgeschichte und habe mich unter anderem auf dem Gebiet der Elektrizität sehr hervorgetan. Geboren wurde ich im Jahr 1847 in Milan, einem Dörfchen im amerikanischen Bundesstaat Ohio. Obwohl ich nur wenige Monate zur Schule ging und schon seit meiner Kindheit schwerhörig war, gelang es mir, vom einfachen Telegrafisten zu einem bedeutenden Erfinder und Unternehmer aufzusteigen. Als solcher starb ich hochbetagt im Jahr 1931 in West Orange, New Jersey.

Da ich gerade von meinem Beruf als Telegrafist sprach. Kürzlich habe ich ein Telegramm von einem meiner Söhne erhalten. Er schrieb:

SEND + MORE = MONEY

Natürlich war mir sofort klar, dass mir mein Sohn mit diesem Telegramm nicht nur mitteilte, dass ich ihm Geld senden soll. Er nannte mir auch die Summe, da jeder Buchstabe in seinem Telegramm einer bestimmten Zahl entspricht. Wie viele Dollars sollte ich ihm also schicken?

WELCHE ZAHL FEHLT?

Eine meiner Erfindungen, der Phonograph, konnte sich leider nicht durchsetzen. Dabei hatte es diese Erfindung wirklich in sich: Mithilfe einer Nadel konnte damit Schall auf einer Zinnfolie aufgezeichnet und wiedergegeben werden. Die Zinnfolie wurde dazu auf einer Walze angebracht, die wiederum über einen Trichter verfügte, der den Schall verstärkte. Mein Phonograph wurde aber schon bald vom Grammophon und der Schallplatte verdrängt - beides wurde von Emil Berliner erfunden. Bis zum elektrischen Plattenspieler, zur CD oder gar zur MP3-Datei war es aber noch ein langer Weg.

Das bringt mich zu einer kniffligen Zahlenfrage an Sie. Kommen Sie darauf, welche Zahl in dieser Reihe fehlt? Falls Sie zur jüngeren Generation gehören, müssen Sie zur Lösung dieser Aufgabe unter Umständen zunächst eine Internetsuchmaschine anwerfen.

16, 33, ?, 78

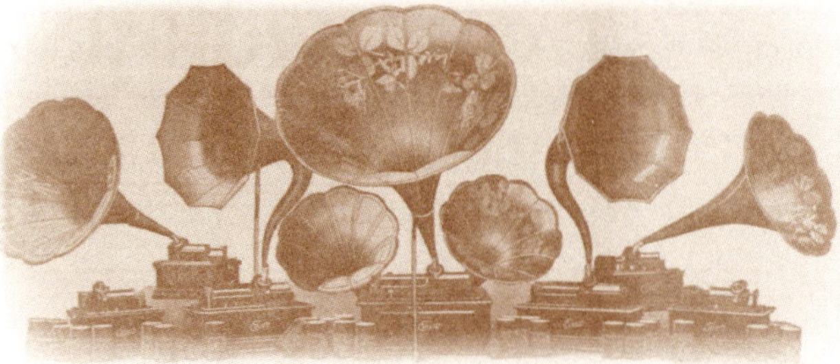

STROMAUSFALL

Elektrizität ist doch etwas Faszinierendes und Großartiges! Zumindest solange nicht der Strom ausfällt. Das ist erst heute Morgen in meinem Haus passiert.

Ich besitze zwei elektrische Wecker, die beide an das Stromnetz angeschlossen sind. Der erste Wecker geht in jeder Stunde um eine Minute vor, der zweite Wecker geht in jeder Stunde um eine Minute nach. Nach dem Stromausfall blieb der erste Wecker bei 7:30 Uhr stehen, der zweite Wecker bei 7:00 Uhr. Erst gestern habe ich beide Wecker gleich eingestellt - um wie viel Uhr?

MEISTER LAMPE

So langsam geht mir hier alles aber ganz schön auf den Wecker! Können wir endlich aufbrechen?«

»Archimedes, please, nicht böse sein! Aber dafür, dass du von Elektrizität keine Ahnung hast, bist du ganz schön vorlaut. Aber gut, wir können gleich aufbrechen.«

Zuvor möchte ich Ihnen aber eine weitere Aufgabe stellen. Auf dieser Planungsskizze sollen Raumleuchten platziert werden, sodass das gesamte Raster beleuchtet wird. Die Lampen leuchten sowohl horizontal als auch vertikal, jedoch nur solange sie nicht durch ein dunkles Feld blockiert werden. Enthält ein dunkles Feld eine Zahl, so gibt diese an, wie viele Lampen horizontal oder vertikal an dieses Feld anschließen. Dunkle Felder ohne Zahl können benachbarte Lampen haben, müssen aber nicht. Beachten Sie, dass Lampen nicht aufeinander gerichtet werden dürfen!

WO LICHT IST …

Eine schöne Aufgabe, Edi! Jetzt aber raus hier. Elektrische Stühle verursachen bei mir nämlich dringenden Stuhlgang.«

»Meine Rede, Leonardo! Zickezacke Flitze…! Wo ist hier bloß ein Klo?«

»Müsst ihr dringend, Leonardo und Archimedes? Well, wenn ihr aus dieser Tür tretet, geht ihr den Flur nach links. Hinter der vorletzten Tür auf der rechten Seite befindet sich die Toilette. Aber vergesst nicht, dass dies ein Gefängnis ist – ein Fenster zur Belüftung werdet ihr dort umsonst suchen!«

»Madonna, Madonna! Archimedes, du wartest, ich gehe zuerst!«

Dann nutze ich die Gelegenheit, mit einer weiteren Aufgabe zu einem meiner Lieblingsthemen, der Beleuchtung, aufzuwarten. Sie wissen ja: Wo Licht ist, da ist auch Schatten. Im folgenden Raster sehen Sie sowohl helle Felder (Licht) als auch dunkle Felder (Schatten) mit Zahlen. Erstellen Sie in dem Raster helle und dunkle Bereiche, wobei die Felder in einem Bereich horizontal und vertikal aneinandergrenzen dürfen. Die Zahlen in den Feldern geben an, wie viele Felder ein Bereich jeweils umfasst. Beachten Sie hierbei, dass Bereiche mit gleicher Färbung sich nicht horizontal oder vertikal berühren dürfen.

			7			**7**		3		**3**	
	1										
2			**7**								
											2
			3				8			**11**	
	6				8			1			
				12							
							7				**6**
						13					
2		**7**			**5**			**3**		7	
	4		**2**		2				**5**		

DER PARKPLATZ

Endlich sind wir draußen aus dem Gefängnis, näch! Lasst uns nun rasch zu meinem Zeppelin eilen und nach Europa zurückfahren.«

»Disneyland, Disneyland!«

»Eigentlich fand ich es im Gefängnis gar nicht so übel. Die harmonischen Raummaße, das Wechselspiel von Licht und Schatten … meraviglioso, geradezu!«

»Friends, I forgot: Wir müssen noch jemanden abholen, und zwar den Erfinder Nikola Tesla, mit dem mich die Liebe zur Elektrotechnik verbindet. Er ist derzeit in Kalifornien zu Besuch bei seinem Kumpel Elon Musk. Sie tüfteln wohl gemeinsam an einem neuartigen Elektroantrieb für Autos. Aber lasst davon bloß Henry Ford nichts wissen, falls der ebenfalls zum Treffen des SCIENTIA kommt!«

Meine Tin Lizzie kann ich hier beim Gefängnis stehen lassen. Ich muss mir lediglich die Nummer des Parkplatzes notieren, damit ich mein Auto nach meiner Rückkunft gleich wiederfinde. Lieber Prüfling, können Sie mir bitte die Nummer des Parkplatzes nennen, auf dem meine Tin Lizzie geparkt ist?

06	68	88		98

BUCHSTABEN ZÄHLEN

Jetzt aber zack, zack! So schnell fährt mein Zeppelin auch wieder nicht, dass wir uns Trödeleien erlauben könnten. Es behagt mir überhaupt nicht, wenn etwas Unvorhergesehenes meine Pläne durchkreuzt. Aber unverhofft kommt oft: Wir fliegen nach Kalifornien und nehmen Nikola Tesla an Bord.«

»Disneyland, Disneyland!«

»Au ja! Können Archimedes und ich nicht Disneyland besuchen, während ihr Nikola Tesla abholt? Vielleicht bekommen wir dort ja Inspirationen für neue visionäre Erfindungen.«

»Einverstanden, Leonardo! Wir bringen euch zum Disneyland und holen euch dort wieder ab, sobald wir Nikola Tesla an Bord genommen haben.«

»Alright, so machen wir es! Ferdinand, unser Gast und ich fliegen, ihr stürzt euch ins Vergnügen.«

Zum Zeitvertreib zählen Sie doch einmal, wie viele Male der Buchstabe F im folgenden Satz vorkommt – es ist aber nur ein Durchgang erlaubt!

FINISHED FILES ARE THE RESULT OF YEARS OF SCIENTIFIC STUDY COMBINED WITH THE EXPERIENCE OF YEARS.

DIE DREI DAMEN VOM GRILL

Das ist das Haus von Nikola … von Elon Musk, meine ich natürlich. Bevor wir hineingehen, wollen wir aber noch einen kleinen Snack zu uns nehmen. Look, das ist die Imbissbude von Miss White, Miss Black und Miss Green. Dort holen wir uns was zu essen.«

»Die Damen sind recht nett anzuschauen, mein lieber Thomas! Was sagen sie? Kannst du es ins Deutsche übersetzen?«

Das tue ich gern! Also, auf Deutsch übersetzt heißen die drei Damen Frau Weiß, Frau Schwarz und Frau Grün. Eine der Damen sagt: *»Wir tragen alle Kleider in unterschiedlichen Farben: Eine von uns trägt ein weißes Kleid, die andere ein schwarzes Kleid und die dritte ein grünes Kleid.«* Die Dame mit dem weißen Kleid erwidert: *»Aber keine von uns trägt ein Kleid in der Farbe, die unserem Namen entspricht.«* Daraufhin meint Frau Grün: *»Das ist richtig.«*

EINE FRAGE AN SIE:
Welche Dame trägt welches Kleid?

ZEHNERGITTER

Die Funkfernsteuerung, den Drehstrom, die Scheibenläuferturbine und vieles mehr: Wer hat's erfunden?«

»N-I-K-O-L-A!«

»Oh, Graf Zeppelin. Und Edison, du bist auch mit von der Partie! Welch große Freude, euch zu sehen! Nett, dass ihr mich abholen kommt. Elon, das mit dem Raumflug zum Mars müssen wir dann beim nächsten Mal besprechen. Ich bin dann mal mit meinen alten Freunden unterwegs.«

Gern stelle ich mich Ihnen vor, werter Prüfling! Ich, Nikola Tesla, gelte heute als einer der größten Erfinder im Bereich der Elektrotechnik. Geboren wurde ich im Jahr 1856 im Dorf Smiljan, das im heutigen Kroatien liegt und damals zum Kaisertum Österreich zählte. 1884 wanderte ich, bettelarm, nach Amerika aus und fand dort eine Anstellung im Unternehmen von Thomas Alva Edison – Edison und ich sind also alte Bekannte. Allerdings arbeitete ich bei Edison lediglich ein halbes Jahr, da er nicht bereit war, mir ein angemessenes Gehalt zu bezahlen. Schon 1885 gründete ich, zusammen mit zwei Geschäftsleuten, mein eigenes Elektrizitätsunternehmen, die Tesla Electric Light and Manufacturing Company. Besonders großen Erfolg hatte das Unternehmen allerdings nicht, es ging nach zwei Jahren pleite … Nein, ein Moneymaker bin ich nicht, aber ich habe mehrere Hundert Patente im Bereich der Elektrotechnik vorzuweisen und neben den eigenen Erfindungen habe ich viele weitere Erfindungen anderer Genies zumindest inspiriert, etwa das Radio.

Doch genug geplaudert. Zum Umgang mit der Elektrizität gehört auch ein gewisses Verständnis der Mathematik. Lassen Sie mich Ihnen dazu eine erste Aufgabe stellen. Füllen Sie die leeren Felder so, dass sich in jeder Reihe die Zahlen von 0 bis 9 befinden, und die ersten vier Zahlen in einer Spalte als Summe die Zahl in der untersten Reihe haben. Gleiche Zahlen dürfen sich weder horizontal, vertikal noch diagonal berühren!

	1	7							0
5		8			6	2	7		
		2	7	9		3		8	6
7	6	9							5
17	14	26	14	19	15	21	23	11	20

MUSTERHAFTE VERSTÄRKUNG

Well, Nikola, wir wissen ja alle, dass du ein Studierter bist. Das brauchst du hier aber nicht raushängen zu lassen. Und als Unternehmer konnte ich dir halt damals nicht mehr Geld bieten, that's business!«

»Ganz ruhig bleiben, Edison! Spiele hier bloß nicht den Boss, denn mein Boss bist du schon lange nicht mehr! Denke daran, ich habe auch die Todesstrahlen erfunden!«

»Todesstrahlen? Dass ich nicht lache! Dann zeig sie mir halt, deine Todesstrahlen! Oder wurden die zur Geheimsache der CIA? Lass mich bloß in Ruhe, du verkanntes Genie!«

Lassen Sie sich bitte nicht von den kleinen Querelen zwischen mir und Edison irritieren. Der Graf hat nun schon die Motoren seines Zeppelins angeworfen und wir nehmen zunächst Kurs auf Disneyland, um Archimedes und Leonardo abzuholen. Während des Fluges können wir uns ein wenig die Zeit mit logischen Plaudereien vertreiben.

Als genialer Erfinder bin ich stets bemüht, wiederkehrende Muster in allem zu erkennen. Das können sicher auch Sie!

SAGEN SIE MIR:
Wo gehört der kleine Kreis in der letzten Abbildung hin?

LANGE LEITUNGEN

Oh my God, Nikola! Stelle unserem Gast doch nicht so einfache Aufgaben. Der dreht uns noch am Rad!«

»Soso, der Herr Edison weiß wieder mal alles besser! Gut, dann rück mal raus mit einer schwierigeren Aufgabe!«

»Ja, eine solche habe ich zufällig auf Lager – und ausnahmsweise auch mal ganz ohne Bezahlung, denn heute habe ich Spendierhosen an.«

Hier sollen Stromleitungen horizontal und vertikal verlegt werden und zwar so, dass eine Leitung jeweils genau einen grauen Kreis enthält sowie genauso viele helle wie dunkle Kreise. Helle und dunkle Kreise dürfen nicht direkt verbunden werden. Die Leitungen dürfen sich nicht kreuzen, können sich aber verzweigen. Gehen Sie ans logische Werk, Prüfling!

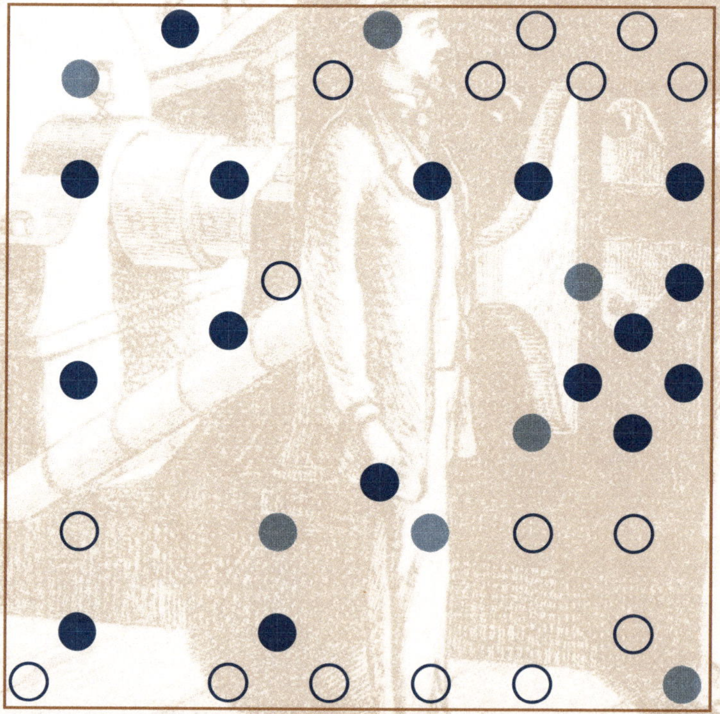

PFEILSCHARF ERKANNT

Bereit machen zum Landeanflug auf Disneyland, näch!«

»Okay, let's go! Ich sehe da unten auch schon Archimedes und Leonardo. Mit wem bummeln die denn da rum? Nikola, weißt du es?«

»Na klar, das sind doch Mickey Mouse und Goofy. Holt die beiden schnellstmöglich rein in den Zeppelin und dann nichts wie ab nach Europa!«

»Archimedes, Leonardo! Verabschiedet euch flott und dann ab in meine Gondel, näch!«

»Nur die Ruhe, Ferdinand! Probier's mal mit Gemütlichkeit, mit Ruhe und Gemütlichkeit jagst du den Alltag und die Sorgen weg ...«

»Einsteigen jetzt, das ist ein Befehl! Mannschaft: Abflug!«

»Hey, ciao Nikola, hello Edi! Come stai?«

»Well, thank you.«

»Ganz gut, danke. Aber der Archimedes sieht etwas benommen aus.«

»Oh ja, der muss sich jetzt erst mal hinlegen. Er ist 17 Mal Achterbahn gefahren, weil er eine Formel für die Berechnung ihrer Durchschnittsgeschwindigkeit aufstellen wollte.«

»Ja, verflucht. Und auch zum Speien, dass es mir nicht gelungen ist. Gute Nacht, ihr großen Geister!«

»Viel besser geht es mir auch nicht. Also dieser Goofy war zum Anbeißen ... Ich lege mich ebenfalls hin. Buona notte!«

»Good night! Nikola, ich hole mal das Päckchen für unseren Gast. Du stellst solange eine weitere Logikaufgabe, okay?«

»Ja, das mache ich sehr gern!«

Hier ist ein pfeilscharfer Verstand gefragt! Schwärzen Sie im folgenden Raster einige Pfeile, sodass jeder Pfeil im Raster auf genau einen geschwärzten Pfeil zeigt!

SCHACHBRETT ZUM QUADRAT

Und hier bringe ich schon das Päckchen, Nikola. Sprich du die passenden Worte dazu, because mein Deutsch ist nicht so gut!«

Packen Sie es nur aus, werter Gast! Sie haben es richtig erraten: Es ist die dritte der sieben Insignien, die Sie für die Aufnahme in den SCIENTIA benötigen. Edison und ich haben uns dazu entschlossen, Ihnen aufgrund Ihrer doch anerkennenswerten logischen Denkfähigkeiten diesen Akkumulator zu überreichen, also einen Stromspeicher – damit Ihnen niemals die Energie ausgehen möge! Und der »Mister mit den Spendierhosen an« war auch so überaus großzügig, Ihnen zusätzlich auch noch eine Aktie seiner Edison Storage Battery Company beizulegen.Wieder sind Sie auf Ihrem Weg zum genialen Geist ein Stück vorangeschritten, wieder haben Sie eine neue Etappe gemeistert. Dazu möchten wir Ihnen ganz herzlich gratulieren!

EDISON STORAGE BATTERY COMPANY

This Certifies that Thomas A. Edison

Aber natürlich möchten wir Sie auch weiter fordern. Spielen Sie gern Schach? Zumindest werden Sie wissen, dass ein Schachbrett aus 64 Feldern besteht.

MEINE FRAGE AN SIE LAUTET:
Wie viele unterschiedliche Quadrate lassen sich aus den Feldern des Schachbretts bilden?

GROSSE ZAHLEN

Not bad, Nikola. Und was schätzt du: Wenn auf das erste Feld eines Schachbretts ein Reiskorn gelegt wird und die Reiskörner auf den nächsten 63 Feldern jeweils verdoppelt werden – wie viele Reiskörner würden dann insgesamt auf dem Schachbrett liegen?«

»Keine Ahnung, aber es werden eine ganze Menge sein. Vielleicht eine Million?«

»Knapp daneben! Es sind über 18 Trillionen. Aber das kann wohl kaum jemand im Kopf berechnen, höchstens vielleicht unser Freund Carl Friedrich Gauß, der begnadete Mathematiker.«

> Doch wo wir gerade bei großen Zahlen sind: Welches ist die größte Zahl, die sich mit drei Ziffern darstellen lässt?

DER ALTE SÄUFER

Dear Ferdinand, unser Flug geht doch nun nach Paris zu Madame Curie, nicht wahr?«

»Ja, Thomas, allerdings auf einem kleinen Umweg, näch. Leonardo ist eingefallen, dass er für das Treffen des SCIENTIA nicht richtig gekleidet ist. Deshalb fliegen wir zuerst noch einmal nach Florenz, damit er dort seinen besten Rock abholen kann. Bis wir dort sind, ist aber noch viel Zeit! Stellt unserem Prüfling gern noch einige weitere Aufgaben, du und Nikola! Wir wollen doch sehen, ob er sich der Aufnahme in den SCIENTIA würdig erweist.«

Well, da fällt mir die Geschichte von dem alten Säufer ein. Als dieser nach einer Kneipentour nach Hause torkelte, sah er in 20 Metern Entfernung ein Geldstück liegen, ging hin und hob es auf. Das Eigenartige: Er sah das Geldstück, obwohl der Mond nicht schien und es auch keine künstliche Beleuchtung gab.

TELL ME:
Warum konnte der alte Säufer das Geldstück dennoch sehen?

LATERNE, LATERNE ...

Wo du gerade von künstlicher Beleuchtung sprachst, Edison – dazu fällt mir etwas ein.«

»Tell it, Nikola!«

Ich bin kürzlich eine Allee entlang spaziert, an der sich einige Laternen befanden. Aus Gründen der Sparsamkeit hatte man weniger als 20 von ihnen aufgestellt. Zusätzlich waren nur die zehnte Laterne von links und die siebte Laterne von rechts eingeschaltet. Zwischen den beiden eingeschalteten Laternen befanden sich vier Laternen, die nicht eingeschaltet waren.

Wie viele Laternen befanden sich insgesamt entlang der Allee?

ZAHLENSTERN

»Wie lange fliegen wir noch nach Firenze, Ferdinand? Ich kann nicht mehr schlafen.«

»Ein paar Stündchen sind es noch, Leonardo. Leiste doch ebenfalls unserem Gast Gesellschaft! Was macht Archimedes? Schläft er noch?«

»Nein, er ist aufgewacht und löst einen Zahlenstern, ein neumodisches Logikrätsel aus dem Fernen Osten.«

»Das klingt aber interessant, näch. Stelle dieses Logikrätsel doch einmal unserem Gast vor! Ein Zahlenstern passt doch auch ganz gut zu unserem Nachtflug nach Florenz.«

So sei es. Ein Zahlenstern besteht aus sechs Dreiecken. In jedem dieser sechs Dreiecke sollen die Zahlen 1 bis 9 genau einmal vorkommen. Die Herausforderung liegt darin, dass jede Zahl in einer Linie ebenfalls nur genau einmal vorkommen darf – egal wie lang die Linie ist und egal ob die Linie unterbrochen ist oder nicht. Nehmen Sie diese Herausforderung an?

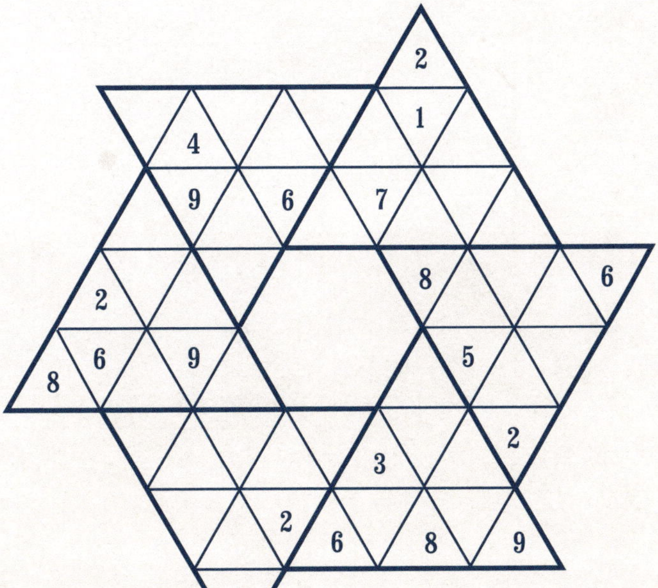

SECHS REGIONEN

Magnificent! Ein schönes Logikrätsel, Leonardo! Auch ich kenne so ein kniffliges Logikrätsel aus dem Fernen Osten.«
»Nur heraus damit, Edi!«

Na, schön: Bei diesem Logikrätsel soll ein Raster in sechs Regionen eingeteilt werden, sodass sich in jeder Region, aber auch in jeder Reihe und in jeder Spalte, die Zahlen 1 bis 6 befinden. Die Punkte, an denen sich die Linien der Regionen treffen, sind vorgegeben – die Linien selbst jedoch nicht. Füllen Sie die Felder mit den passenden Zahlen und zeichnen Sie die Regionen ein!

SICHERE LANDUNG

Wir werden in Kürze in Florenz landen, näch. Nun müssen wir aber noch ermitteln, welche Flächen für die sichere Landung meines Zeppelins geeignet sind und welche nicht.

Im folgenden Raster sind Felder zu markieren, die für unsere Landung geeignet sind. In jeder aus neun Feldern bestehenden Region befinden sich genau drei solcher Landungsflächen. Die Zahlen in den Feldern geben an, wie viele Landungsflächen sich in unmittelbarer Nachbarschaft der Zahlen befinden, und zwar entweder horizontal, vertikal oder diagonal.

			1				1	
3				3		3		
			3		4			
	3							2
2								1
	4		5	4		1		1
					3		3	
			3		3		5	
	1							2

DER KÜRZESTE WEG

Endlich wieder in bella Italia! Bevor wir zu mir nach Hause gehen, um meinen Rock abzuholen, möchte ich euch noch zu einem Espresso an der Piazza della Signoria einladen. Es ist einfach schön, den erwachenden Tag in Florenz mit einer Tasse Kaffee in der Hand zu begrüßen.«

»Oh, thank you! Das Angebot nehmen wir gern an. Für mich aber bitte einen Americano.«

»Null problemo, Edi! Folgt mir, ich kenne den kürzesten Weg!«

Und dies ist der Plan. Unser Weg führt uns vom markierten Feld links unten zum zweiten markierten Feld. Zeichnen Sie eine möglichst kurze Linie zwischen den beiden markierten Feldern. Die Zahlen an den Rändern geben an, durch wie viele Felder die Linie in einer Reihe oder Spalte geht. Jedoch steht nicht immer eine Zahl am Rand – etwas Fantasie kann ja bekanntlich nie schaden! Die Linie darf sich aber zu keinem Zeitpunkt selbst berühren!

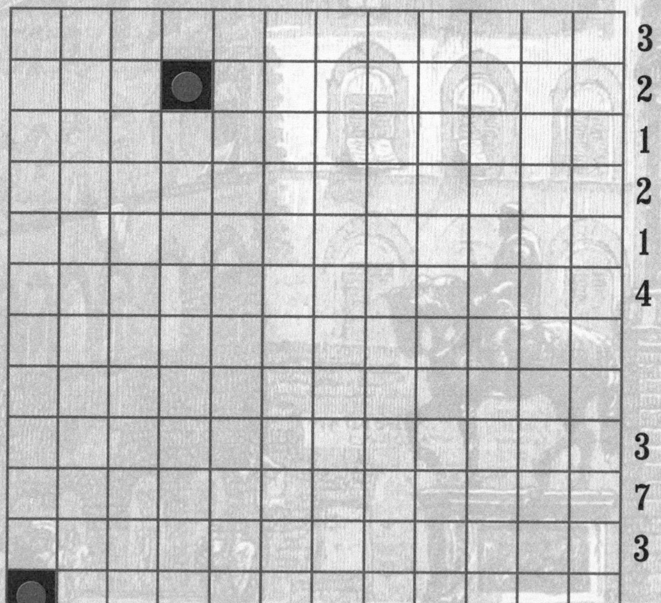

HERUMGEEIERE

Dolce vita! Wir großen Geister sitzen um den Tisch herum und lassen die Strahlen der Morgensonne unsere Herzen erfreuen.«

»Just perfect! Jetzt noch ein Rührei mit Speck, dann bin ich happy.«

Mögen Sie ebenfalls Ei zum Frühstück?

DAZU FÄLLT MIR EINE FRAGE FÜR SIE EIN:

Wenn im Durchschnitt eineinhalb Hühner in eineinhalb Tagen eineinhalb Eier legen – wie viele Eier legen dann drei Hühner in drei Tagen?

BUCHSTABENREIHE

»Aber das ist doch Galileo! Galileo, komm her, setz dich zu uns an den Tisch! Wie geht es dir, mein Freund?«

»Ach, Leonardo, schön dich und die anderen hier zu treffen! Es könnte mir besser gehen, die katholische Kirche ist mir halt stets auf den Fersen. Gern setze ich mich auf ein Tässchen Espresso zu euch. Aber dann muss ich eilen, ich möchte noch einige astronomische Berechnungen durchführen. Sag, Leonardo, wolltest du denn nicht nach London zum Treffen des SCIENTIA reisen?«

»Si, si, wir sind auf dem Weg dorthin. Wir haben nur einen Abstecher nach Florenz unternommen, damit ich mich dem Anlass angemessen kleiden kann. Magst du denn nicht mit uns kommen?«

»Nein, für so etwas habe ich keine Zeit. Ehrlich gesagt habe ich auch keine Lust, bei dem Treffen einem Haufen Wichtigtuer über den Weg zu laufen. Lasst mich hier nur in Ruhe studieren und meinen Beitrag zur Wissenschaft leisten!«

Ich sehe Ihre aufgeweckten Augen, werter Prüfling. Sicherlich ist Ihnen mein Name ein Begriff: Galileo Galilei. Ich wurde im Jahr 1564 in Pisa geboren und wurde dort schon 1589 zum Professor für Mathematik ernannt. Später wurde ich sogar Hofmathematiker in Florenz. Ich bin also keines dieser sogenannten verkannten Genies.

Neben der Mathematik bin ich auch in der Physik, der Astronomie und auch der Philosophie sehr bewandert. Mit meinem *Dialogo* handelte ich mir ziemlichen Ärger mit der katholischen Kirche ein, obwohl ich diesbezüglich mehrmals mit Papst Urban VIII. Rücksprache hielt. Ich musste 1633 in einem Prozess der Inquisition dem kopernikanischen Weltbild abschwören – ansonsten wäre ich auf dem Scheiterhaufen verbrannt worden. Erst im Jahr 1992 wurde ich von der katholischen Kirche rehabilitiert.

In Ihrer Zeit, werter Prüfling, zählt man mich zu den wichtigsten Begründern der exakten Wissenschaften. Und ich habe keineswegs nur Berechnungen durchgeführt und Bücher geschrieben, sondern auch praktisch gearbeitet. Unter anderem habe ich eine Vorform des Thermometers und die hydrostatische Waage erfunden, auch die Idee zum Bau der Pendeluhr stammt von mir, dem großen Galileo Galilei.

Da fällt mir ein Logikrätsel für Sie ein, das Sie sicherlich schnell lösen werden. Wie wird die folgende Buchstabenreihe logisch fortgesetzt, die mit den Initialen meines Namens beginnt?

G G H J M Q ?

DER KAUFMANN VON FLORENZ

Ich, Galileo Galilei, entstamme einer verarmten Patrizierfamilie. Doch als Mathematiker konnte ich mir bereits früh einen guten Ruf und auch ein sicheres Einkommen verschaffen. Manchmal bewundere ich aber doch sehr einen befreundeten Florentiner Kaufmann für seinen Geschäftssinn.

An einem Tag kaufte er einmal morgens für fünf Goldstücke ein Stück Land und verkaufte es noch am Vormittag für sechs Goldstücke. Nachmittags kaufte er das Land für sieben Goldstücke zurück. Bis zum Abend verkaufte er es für acht Goldstücke?

Wie viel Gewinn hat dieser Kaufmann von Florenz an jenem Tag gemacht?

ZAHLENSPIELEREI

Ich gelte zwar als Universalgenie, bin aber doch von Beruf vor allem ein Mathematik-Professor. Deshalb gestatten Sie mir doch, Sie mit einer kleinen Zahlenspielerei zu unterhalten. Schauen Sie sich zunächst die folgenden Gleichungen genau an:

☞ 8 + 6 = 214
☞ 3 + 1 = 24
☞ 9 + 5 = 414
☞ 6 + 3 = 39

ERKENNEN SIE DAS MUSTER?
Dann lösen Sie nun bitte die folgende Aufgabe:
☞ 5 + 2 = ?

STERNENBEOBACHTUNG

Manchmal werde ich als Erfinder des Fernrohrs geführt, doch das ist nicht richtig. Das Fernrohr wurde von einem Brillenmacher namens Hans Lipperhey erfunden und von mir lediglich nachgebaut und verbessert. Daran ändert auch nichts, dass dessen Fernrohr auch Galilei-Fernrohr genannt wird. Das Fernrohr ermöglichte mir aber astronomische Beobachtungen. Unter anderem entdeckte ich die vier größten Monde des Planeten Jupiter.

Doch nun kommen wir von den Planeten zu den Sternen. Zeichnen Sie in das folgende Raster Sterne ein, und zwar so, dass jeder Pfeil auf genau einen Stern zeigt und jeder Stern durch genau einen Pfeil angezeigt wird. Die Zahlen an den Rändern verraten Ihnen, wie viele Sterne sich in der jeweiligen Reihe oder Spalte befinden.

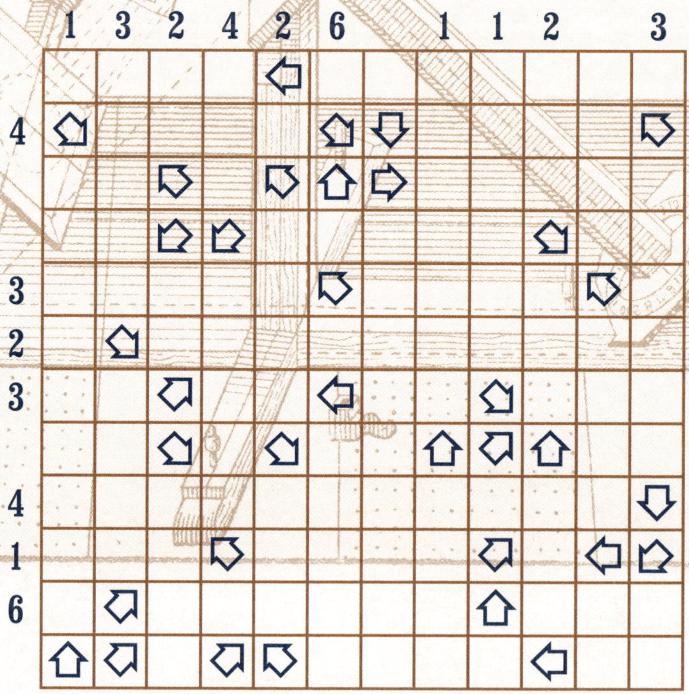

VON 1 BIS 33

Galileo, du unterhältst dich so nett mit unserem Gast, näch. Dann könnte doch Leonardo bei sich daheim seine Kleidung abholen. Archimedes, Thomas, Nikola und ich würden gern die Uffizien besichtigen. Treffen wir uns wieder hier an der Piazza in zwei Stunden?«

»Das geht in Ordnung, Ferdinand, auch wenn ich – wie ich ja bereits sagte – nur wenig Zeit habe. Aber ein wenig Zerstreuung tut mir wohl gut.«

»Da kannst du deinen Hut drauf verwetten, Galileo! Überleg dir doch noch mal, mit uns nach London zu reisen. Wir werden sicherlich eine Menge Spaß haben!«

»Archimedes, ich habe doch schon gesagt … Na gut, ich werde noch mal darüber nachdenken.«

»Seht ihr, seht ihr? Und er bewegt sich doch! Dann bis nachher, mein lieber Galileo!«

Nun haben wir also noch mehr Zeit und Muße, uns zu unterhalten. Gestatten Sie einem leidenschaftlichen Mathematiker, Ihren Umgang mit Zahlen auf die Probe zu stellen. Dazu bitte ich Sie, im folgenden Raster die Zahlen von 1 bis 33 mit einer durchgehenden Linie zu kennzeichnen, wobei Sie mit der 1 in der linken oberen Ecke beginnen und mit der 33 in der rechten unteren Ecke enden. Die Reihenfolge der Zahlen spielt dabei keine Rolle, aber jede Zahl von 1 bis 33 soll von der Linie genau einmal erfasst werden.

1	19	8	15	2	24	12	28	13	26	12	26
24	4	22	12	20	18	5	25	29	9	16	31
22	21	31	14	25	26	9	12	17	13	19	21
23	24	3	7	6	11	18	17	3	12	10	4
5	18	28	1	18	27	5	23	31	20	3	11
29	24	19	20	11	3	16	2	9	23	17	14
19	7	6	28	9	21	30	10	21	13	25	20
17	18	31	3	10	5	7	21	19	31	14	21
20	14	18	17	3	24	5	22	8	29	20	11
32	5	24	19	26	15	26	32	7	20	27	23
17	8	3	4	28	12	28	18	6	13	32	26
10	12	16	31	12	19	4	27	22	23	30	33

AUF DEM MARKT

Lassen Sie uns ein wenig durch die Gassen schlendern. Wir haben noch viel Zeit, bis die anderen zurückkommen. Mögen Sie Obst? Dort hinten sehe ich einen Markt, wir wollen dort etwas Obst kaufen.

Nun stehen wir an einem Stand mit frischem, saftigem Obst. Mit einer Balkenwaage können wir das Obst abwiegen. Das will ich doch gleich einmal ausprobieren. Aha, sehen Sie:

- ☞ Eine Orange und eine Banane wiegen so viel wie ein Apfel.
- ☞ Zwei Äpfel wiegen so viel wie drei Kaki.
- ☞ Eine Banane und eine Kaki wiegen so viel wie eine Orange.

NUN MEINE FRAGE AN SIE:
Wie viele Bananen benötigt man,
um eine Orange aufzuwiegen?

AUSUFERND LOGISCH

Während wir das frische Obst genießen, gehen wir ein wenig am Arno entlang, diesem Lebensquell, der Florenz durchfließt. Wollen Sie einmal durch mein Fernrohr zum anderen Ufer hinüberblicken?

Eines Tages, es gab keine Brücke weit und breit, wollte ein Mann mit seinem Boot den Arno überqueren und eine Ziege, einen Wolf sowie einen Kohlkopf zum anderen Ufer bringen. Das Boot war aber nur klein, und er konnte lediglich eines dieser Dinge auf einmal transportieren. Wie sollte er nun vorgehen? Würde er den Wolf und die Ziege zurücklassen, so würde der Wolf die Ziege fressen. Würde er die Ziege und den Kohlkopf zurücklassen, dann würde die Ziege den Kohlkopf fressen.

Erkennen Sie einen Lösungsweg, wie der Mann alle drei Dinge sicher zum anderen Ufer bringen kann?

DREI KOFFER

Schön ist es, mit Ihnen die Zeit zu verbringen, werter Prüfling! So habe ich mich nun entschieden, doch nach London zum Treffen des SCIENTIA mitzufliegen. Es ist noch etwas Zeit, bis wir uns mit den anderen treffen. Gehen wir deshalb zu mir nach Hause, damit ich einige Sachen für die Reise packen kann.

Sehen Sie, dort ist mein Haus. Nur herein, nur herein! Lassen Sie sich nicht von der scheinbaren Unordnung stören. Bewundern Sie gern die Instrumente, die ich zu einem großen Teil selbst zusammengebaut habe! Auf unsere Reise werde ich sie leider nicht mitnehmen können.

Sehen Sie, ich habe jetzt für die Reise mit dem Zeppelin diese vier Koffer gepackt, einen braunen, einen roten, einen grünen und einen blauen Koffer. Der blaue Koffer ist leichter als der braune Koffer. Der grüne Koffer ist schwerer als der rote Koffer. Der grüne Koffer ist nicht so schwer wie der blaue Koffer. Welcher der Koffer ist am schwersten?

RECHNEN MIT KÖPFCHEN

Es ist für Sie noch ein weiter Weg zu einem Universalgenie, wie ich es bin. Doch ich sehe, dass Sie sich wacker schlagen und die von mir gestellten Aufgaben mit viel Intelligenz und Esprit angehen. Darum möchte ich gar nicht lange zaudern, sondern Ihnen hiermit die vierte der sieben Insignien überreichen, die Sie für die Aufnahme in den SCIENTIA benötigen. Es handelt sich hierbei um das erste von mir gebaute Fernrohr. Damit Sie sich jederzeit einen Weitblick verschaffen.

Lassen Sie mich Ihnen die Hände schütteln und Sie beglückwünschen! Diese Stufe – die vierte Insignie – erreicht nicht jeder. Aber bilden Sie sich bitte ja nicht zu viel darauf ein, denn es werden noch sehr viele knifflige Aufgaben auf Sie zukommen, die es zu lösen gilt. Der SCIENTIA ist sehr wählerisch! Behalten Sie Ihren wachen, cleveren Geist bei!

Sind Sie eigentlich auch sehr gut im Kopfrechnen? Ich habe hier nämlich ein Kreuzsummenrätsel für Sie, das ganz ähnlich funktioniert wie ein Kreuzworträtsel. Ihnen werden in einigen Feldern Summen angezeigt, die sich durch die Zahlen 1 bis 9 ergeben, die entweder horizontal oder vertikal einzutragen sind. Zahlen dürfen zum Bilden einer Summe nicht doppelt eingetragen werden! Einige Zahlen habe ich bereits vorgegeben.

■	■	■	14\	15\	■	22\	37\	■	■	28\	12\
■	15\	10\17			12\12			■	\14		
\36				7				13\	6\8		
\3			14\	8\36					1		■
\20			9		■	21\22	8				17\
■	11\	28\12			32\14			■	\10		
\3			■	\21			7	13\	3\17		
\11			7\	6\11	4		\11			10\	8\
■	\19		4			8\	9\14				
■	4\26	9						15\	14\4		1
\8			■	\36	9			8			
\5			■	\6			\16			■	■

DER SONNENHUT

»Wir freuen uns sehr, dass du doch mitkommst, Galileo, näch! Und es ist sehr löblich, dass du dein Gepäck bereits mitgebracht hast. So können wir uns direkt zu meinem Zeppelin begeben und weiterfliegen.«

»Danke für deine Worte, Ferdinand. Der Tapetenwechsel und ein reger Austausch mit anderen Genies können schließlich nicht schaden. Fliegen wir direkt nach London?«

»Nein, wir machen noch zwei kleine Abstecher. Der erste davon führt uns nach Paris zu Marie Curie. Diese berühmte Chemikerin ist dir sicherlich ein Begriff, Galileo?«

»Ich habe schon einmal von ihr gehört. Sie ist im Radio aktiv?«

»Äh, nicht ganz, nicht ganz. Aber welche Studien sie genau betreibt, soll sie dir dann lieber selbst erklären, näch. Brechen wir nun alle zusammen zum Zeppelin auf!«

»Okay, let's go!«

»Si, avanti, avanti!«

»Gut, in Ordnung. Doch bevor wir losgehen, möchte ich noch meinen Sonnenhut aus einem meiner Koffer nehmen.«

Können Sie mir den Koffer nennen, in dem sich mein Sonnenhut befindet? Nur genau eine der folgenden Aussagen ist wahr:

Der Sonnenhut befindet sich in diesem Koffer.

Der Sonnenhut befindet sich nicht in diesem Koffer.

Der Sonnenhut befindet sich nicht im kupferroten Koffer.

VON FLORENZ NACH PARIS

Mit meinem Sonnenhut auf dem Kopf, ist es mir doch nun gleich angenehmer, mit euch zum Zeppelin zu gehen. Zwar denke ich viel über die Sonne nach, doch ich kann es nicht leiden, wenn sie auf mein Haupt niederbrennt.

Nun fliegen wir also von Florenz nach Paris. Da kommt mir ein Rätsel in den Sinn. Es handelt von einem Hund, der 1000 Kilometer von Florenz nach Paris läuft. An seinen Schwanz ist eine Blechdose angebunden, die bei jedem Schritt auf den Boden schlägt. Jeder Schritt hat eine Länge von einem Meter. Immer dann, wenn der Hund die Blechdose auf dem Boden aufschlagen hört, verdoppelt er seine Geschwindigkeit. Er startet mit einer Geschwindigkeit von einem Meter pro Sekunde.

Mit welcher Geschwindigkeit kommt der Hund in Paris an? Antworten Sie nicht mit Schallgeschwindigkeit, sondern denken Sie scharf nach, bevor Sie antworten!

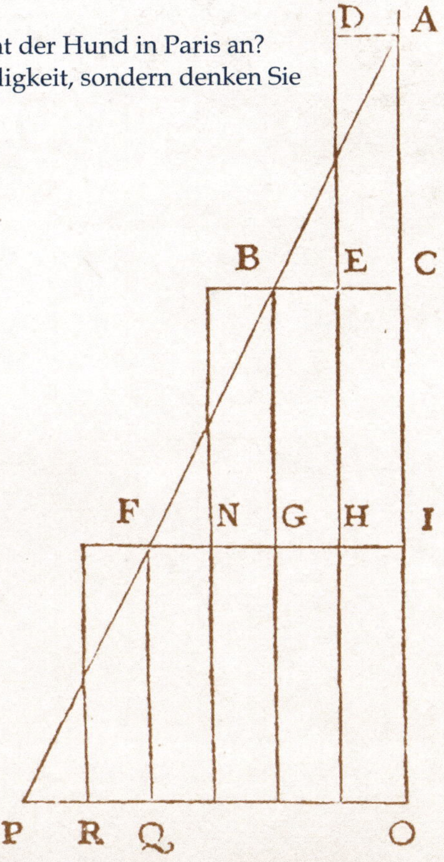

DIE PFERDEWEIDE

In der Ferne sehe ich bereits den Zeppelin. Wir müssen nur noch über diese Pferdeweide gehen. Sie sehen: Diese Pferdeweide ist quadratisch und Sie sehen, an welcher Stelle der Weide sich Pferde befinden. Wie lässt sich die Fläche der Pferdeweide vollständig so in kleinere Quadrate einteilen, dass sich jedes Pferd in einem eigenen Quadrat befindet?

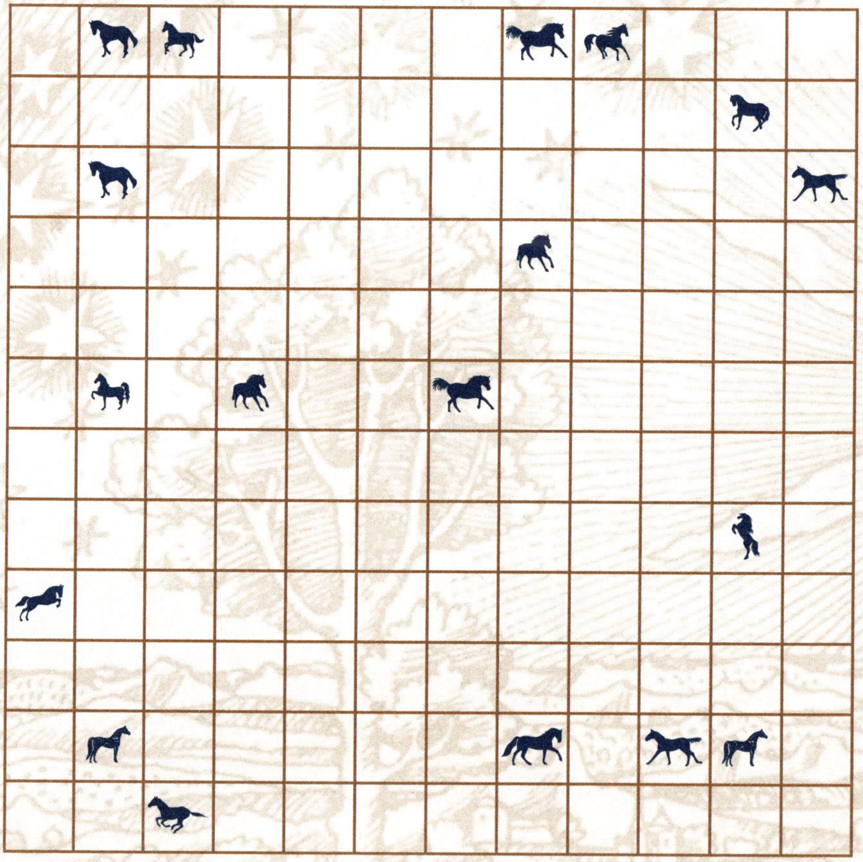

DER EIFFELTURM

Ganz Paris träumt von der Liebe, denn dort ist sie ja zu Haus …«

»Ja, Leonardo, das ist Paris, näch. Wir werden in Bälde landen.«

»Verflucht groß! Was ist das für ein Bauwerk dort, das so aussieht wie ein langer Hebel?«

»Das ist der Eiffelturm, Archimedes. Wir werden in meinem Zeppelin daran vorbeifahren. Der Eiffelturm wurde im Jahr 1889 fertiggestellt und besteht aus Eisenfachwerk. Er ist, ohne seine Spitze, 300 Meter hoch und wiegt rund 8000 Tonnen.«

EINE FRAGE AN SIE:
Wie viel würde der Eiffelturm wiegen, wenn er lediglich 30 Zentimeter hoch wäre?

FALSCHGELD

Wieder einmal eine sichere Landung. Glückwunsch, Ferdinand! Wie sieht's aus? Habt ihr Lust, in den Louvre zu schauen, dort könnt ihr euch ein paar Bilder von mir anschauen. Denn als echtes Universalgenie war ich nicht nur Wissenschaftler und Erfinder, sondern gleichzeitig ein Künstler von höchster Güte.«

»Mensch, gib doch nicht so an, du großspuriger Italiker! Sonst mache ich gleich aus dir ein Kunstwerk.«

»Schon gut, schon gut, Archie! Hast du vielleicht einen besseren Vorschlag, was wir machen könnten? Die Marie Curie hat nämlich erst morgen Zeit, heute wird ihr doch der zweite Nobelpreis verliehen.«

»Nicht schlecht, nicht schlecht. Die Kohle, die sie kriegt, können wir dann ja zusammen verprassen. Und was den von dir angefragten Vorschlag betrifft, da fällt mir nur ein: ›Pigalle, Pigalle, das ist die große Mausefalle mitten in Paris …‹.«

»Wait, wait! Da wollen wir anderen aber auch gefragt werden. Was ist denn der Pigalle?«

»Das hätte ich mir ja denken können, dass ihr prüden Amis das nicht wisst. Pigalle ist ein berühmtes Vergnügungsviertel. Dort kriegen wir für Geld praktisch alles.«

»Okay, okay, dann let's alle go to Pigalle!«

»Wartet, noch einen Moment, näch! Schließlich benötigen wir auch noch Geld. In meinem Zeppelin führe ich immer eine Geldreserve mit mir, und zwar zehn Säcke mit jeweils 100 Münzen. Allerdings enthält einer der Säcke Falschgeld. Eine echte Münze wiegt 10 Gramm. Eine falsche Münze lässt sich lediglich dadurch erkennen, dass sie 1 Gramm leichter ist als eine echte Münze.«

VEREHRTER PRÜFLING:

Wie kann ich mithilfe einer Waage ermitteln, in welchem Sack sich das Falschgeld befindet? Und Sie dürfen das Gewicht nur ein einziges Mal ermitteln!

ÜBER DIE SEINE

Oh, how beautiful! Was ist das für ein Fluss?«

»Gute Frage, Edi. Ich denke, das müsste die Seine sein.«

»Magnificent, Leonardo! Und wie breit ist dieser Fluss?«

»Hm, das wäre doch sicher wieder eine gute Frage für unseren Prüfling!«

Als ich das letzte Mal zu einer Vernissage im Louvre hier war, habe ich eine Fähre über die Seine genommen. Zwei Fähren fuhren morgens zur gleichen Zeit von gegenüberliegenden Ufern ab. Beide Fähren fuhren mit einer konstanten Geschwindigkeit hin und her, und zwar jeweils auf kürzestem Weg. Allerdings war eine der Fähren schneller als die andere. Zum ersten Mal trafen die Fähren 84 Meter vom linken Ufer entfernt aufeinander. Bei der zweiten Begegnung auf der Rückfahrt waren die Fähren 52 Meter vom rechten Ufer entfernt. Wie breit ist die Seine an dieser Stelle?

ZWEI FLASCHEN WEIN

Che bello! Das ist doch eine gemütliche Gaststätte, um mit gutem französischen Rotwein ein wenig vorzuglühen.«

»That's true, Leonardo! Aber noch gemütlicher wäre es, wenn du die zwei Flaschen Wein, die wir bestellt haben, nicht allein herunterkippen würdest.«

»Verflucht richtig! Außerdem schmeckt mir unser griechischer Wein in Syrakus sowieso wesentlich besser.«

Doch da kommt mir, Archimedes, eine Frage für unseren werten Gast in den Sinn: Wir haben einen Liter Burgunder und einen Liter Bordeaux bestellt. Wenn ich nun aus der Flasche mit dem Burgunder 100 Milliliter entnähme, diese 100 Milliliter mit dem Bordeaux vermischen würde und schließlich 100 Milliliter des Burgunder-Bordeaux-Gemischs zurück in den Burgunder gäbe – würde sich dann mehr Burgunder im Bordeaux befinden oder mehr Bordeaux im Burgunder?

PIGALLE, PIGALLE …

»That's the Pigalle? Na ja, so etwas haben wir aber auch in Amerika, nur größer.«

»Porca miseria, Edi! Hättest du das nicht früher sagen können, als wir noch in Amerika waren? Aber was soll's. Stürzen wir uns nun ins pralle Leben!«

»Hm, der Bär tanzt hier ja noch nicht gerade. Aber wenigstens gibt es keine Römer weit und breit. Ich habe in meinem Baedeker gelesen, dass der Platz erst um 2 Uhr nachts vollständig mit Personen bevölkert ist.«

»Well, Archimedes, und es gibt sogar elektrische Beleuchtung. Was für ein Genuss!«

»Silenzio! Habt doch ein wenig Geduld! Die Anzahl der Personen verdoppelt sich zu jeder vollen Stunde. Sobald der Platz zu einem Viertel mit Personen bevölkert ist, wird es richtig lustig.«

»And what time do we have now?«

»21 Uhr, Edi, oder wie ihr Amerikaner sagt: 9 p.m.«

SAGEN SIE UNS BITTE:

Um wie viel Uhr ist der Platz zu einem Viertel mit Personen bevölkert?

WAS KOSTET DER WEIN?

Über den Verlauf dieses Abends wollen wir lieber den Mantel des Schweigens hüllen, näch. Stoßen wir noch ein letztes Mal an, dann gehen wir zum Hotel und begeben uns zur Ruhe. Marie Curie hat uns für den Vormittag in ihr Haus eingeladen und dort wollen wir nicht erscheinen wie Clochards.«

»Madonna, du bist immer so diszipliniert, Ferdinand. Aber ja, du hast recht. Wie viel kostet denn der Wein, den wir getrunken haben?«

»Ich weiß nicht mehr, was ich getrunken habe, aber auf alle Fälle war es ziemlich viel, verflixt und zugenäht!«

»Si, Archimedes! Nun rechnen wir: Ein Glas Cabernet oder Bordeaux kostet in dieser seltsamen Gaststätte jeweils 8 Euro. Ein Glas Merlot kostet 6 Euro. Und ein Glas Sauvignon kostet 9 Euro.«

WISSEN SIE ES NUN?
Wie viel kostet ein
Glas Chardonnay?

GEMISCHTE KREISE

No, no, glauben Sie uns doch, wir sind keine Vertreter für Staubsauger! Wir zählen zu den größten Genies der Menschheitsgeschichte und haben eine Verabredung mit Marie Curie. Gehen Sie und melden Sie uns an!«

»Leonardo, why does this Dienstmädchen think wir verkaufen Staubsauger?«

»Wahrscheinlich weil du so geschniegelt aussiehst, Edi. Doch alles wird gut!«

Solange wir auf die große Wissenschaftlerin Marie Curie warten, können wir uns noch ein wenig mit einem Logikrätsel unterhalten – mit Kreisen in einem Quadrat, denn zur Quadratur des Kreises reicht die Zeit leider nicht. Zeichnen Sie die weiteren hellen und dunklen Kreise so ein, dass alle hellen Kreise und alle dunklen Kreise horizontal oder vertikal zusammenhängen. Ausschließlich gleiche Kreise in einem Vierer-Quadrat sind verboten!

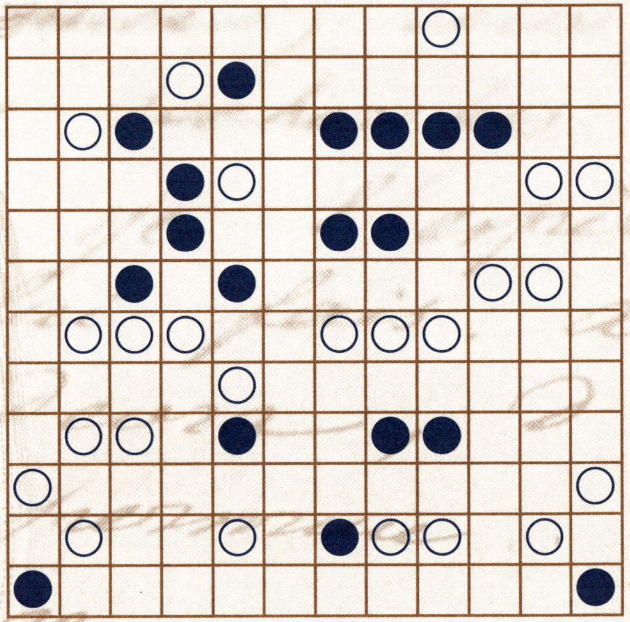

TÜREN

Bonjour, bonjour und bienvenue! Gestatten Sie: Marie Curie.«

»Madame Curie, es ist uns eine wirkliche Ehre, Sie zu treffen, näch. Wir ziehen alle den Hut vor Ihnen. Denn wir wissen, dass es für Frauen zu fast allen Zeiten schwerer war, sich in der Wissenschaft zu behaupten.«

»Haben Sie Dank, Graf Zeppelin. Merci beaucoup Ihnen allen. Es mag zutreffen, dass es Frauen in vielen Bereichen der Wissenschaft schwerer hatten und haben, doch dahinter möchte und muss ich mich nicht verstecken. Ich stehe meine Frau!«

Ich, Marie Curie, wurde im Jahr 1867 in Warschau als Maria Salomea Skłodowska geboren. Warschau gehörte damals zum russischen Zarenreich. Da Frauen dort das Studium nicht erlaubt war, bin ich 1891 nach Paris umgezogen, um dort zu studieren. Als Physikerin interessierte mich besonders die von Henri Becquerel beobachtete radioaktive Strahlung. Für die Entdeckung des Poloniums und des Radiums erhielt ich im Jahr 1903 gemeinsam mit meinem Ehemann Pierre Curie und Henri Becquerel den Nobelpreis für Physik. Für meine Forschungen in diesem Bereich wurde mir dann 1911 auch noch der Nobelpreis für Chemie zugesprochen. Das hat mir natürlich einige Türen geöffnet.

Als Frau standen mir die Türen aber nicht immer offen. Schauen Sie sich doch mal das folgende Raster an! Jedes Feld sei in diesem Raster ein Raum. Die Zahlen in den Feldern geben an, wie viele Räume von einem Raum aus in horizontaler und vertikaler Richtung zu sehen sind. Der Raum, in dem die Zahl steht, wird nicht mitgezählt. Zeichnen Sie nun geschlossene Türen zwischen den Räumen ein, sodass die Angaben in den Feldern korrekt sind. Es muss zum Schluss immer noch möglich sein, jeden Raum durch horizontale oder vertikale Bewegungen zu erreichen, es darf also keine isolierten Räume geben. Die geschlossenen Türen in den ersten 4 × 4 Feldern links oben habe ich als kleine Unterstützung bereits für Sie eingezeichnet.

2	1	2	2	1		2	3			4	3
	5	5		5			6				
3	1	3			3	3	1	8		3	1
	5	6					4		6	3	4
6	3			6		6	3	11	4	6	7
		3	5	3		1	4		3	5	6
	6	4			9	8	11	15	8	10	11
7	6	4			3		7	8		2	6
		8		6	8	2	5		6	6	
7	7		10	7		5	9		8		
	4	5	2	3	3		3	4	5	5	3
4		7				3		4	3		1

CHEMISCHE FORMELN

You have our full respect, Madame Curie! Es gibt nicht viele Frauen wie Sie, nicht einmal in Amerika.«

»Verdammt soll ich sein, in Syrakus haben die Frauen nicht mal das Wahlrecht!«

»Bitte mäßige dich, Archimedes! Wir sprechen hier mit einer Dame von Weltruhm, näch. Erzählen Sie doch noch etwas mehr von sich, verehrte Madame Curie!«

»Bien, das tue ich gern. Jedoch nicht, um meine Person in den Mittelpunkt zu stellen, sondern um zu zeigen, dass auch Frauen in der Welt der Wissenschaft Großes erreichen können. Denn immerhin bin ich die einzige Frau bisher, der gleich zwei Nobelpreise zugesprochen wurden. Außerdem war ich die erste Frau, die an der Sorbonne in Paris lehrte.«

Ich bin während meiner akademischen Laufbahn vielen Geistesgrößen begegnet und ich muss sagen: Auch Sie machen auf mich einen äußerst intelligenten und aufgeweckten Eindruck. Deshalb möchte ich Sie nun bitten, im folgenden Wirrwarr sechs chemische Formeln zu markieren, nämlich die Formeln für Ammoniak, Bromsilber, neuerdings auch Silberbromid genannt, Kochsalz, Kohlendioxid, Kreide, Lachgas und Wasser. Diese werden zugleich horizontal oder vertikal dargestellt, sodass Sie »übers Eck« lesen müssen. Jedes Feld darf dabei nur einmal Verwendung finden!

N	O	L	C	A
H	2	N	R	N
3	A	G	B	O
3	A	C	H	2
O	C	C	O	2

DIE PETROLEUMLAMPE

Zwar bin ich nicht Florence Nightingale, die Lady mit der Lampe, doch habe auch ich mich zu Kriegszeiten für das Wohl der Soldaten eingesetzt. Während des Ersten Weltkriegs habe ich mich als Radiologin der Behandlung von Verwundeten gewidmet. Darüber hinaus habe ich einen Röntgenwagen entwickelt, mit dem radiologische Untersuchungen in der Nähe der Front durchgeführt werden konnten.

Da ich gerade die Lady mit der Lampe erwähnte. In dieser Petroleumlampe hier ist nur noch ein wenig Petroleum enthalten, sodass der Docht nicht mehr in das Petroleum eintaucht. Geht Ihnen ein Licht auf, wie ich diese Lampe dennoch entzünden kann? Als Hilfsmittel stehen Ihnen ein Glas Wasser und eine Schachtel Streichhölzer zur Verfügung.

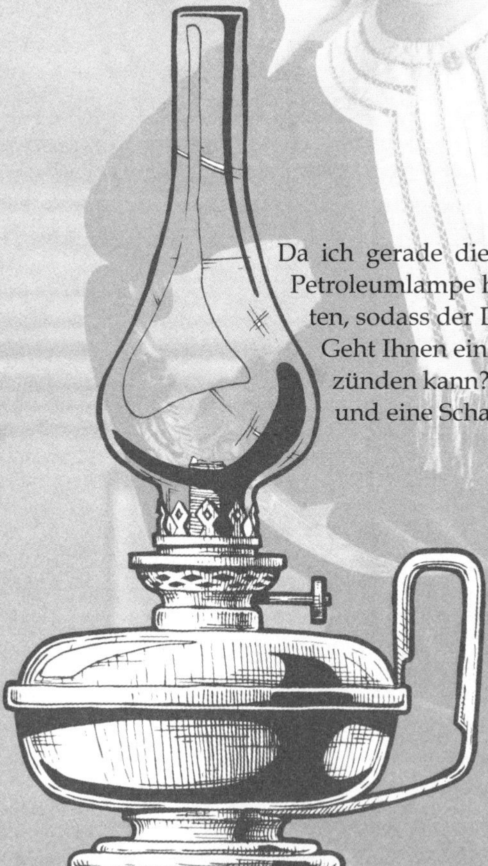

AM MITTAGSTISCH

Bon appétit! Wir werden nun eine Mahlzeit zu uns nehmen.«

Sie und ich, lieber Prüfling, werden uns an den Kopfenden meines Esstischs gegenübersitzen. Die Herren Archimedes, Galileo Galilei, Graf Zeppelin, Leonardo da Vinci, Nikola Tesla und Thomas Alva Edison nehmen an den Seiten des Tisches Platz.

Dabei gilt:

- Archimedes und Nikola Tesla sitzen beide auf der rechten Seite des Tisches.
- Leonardo da Vinci und Galileo Galilei sitzen beide auf der rechten Seite des Tisches.
- Archimedes und Galileo Galilei sitzen beide auf der linken Seite des Tisches.
- Thomas Alva Edison sitzt auf der rechten Seite des Tisches und sofern Nikola Tesla auf der rechten Seite des Tisches sitzt, sitzt auch Graf Zeppelin auf der rechten Seite des Tisches.
- Leonardo da Vinci sitzt auf der rechten Seite des Tisches, Nikola Tesla sitzt auf der linken Seite des Tisches und sofern Graf Zeppelin auf der rechten Seite des Tisches sitzt, sitzt Galileo Galilei auf der linken Seite.
- Leonardo da Vinci sitzt auf der linken Seite des Tisches und sofern Thomas Alva Edison auf der rechten Seite des Tisches sitzt, sitzt auch Archimedes auf der rechten Seite.
- Die zuvor genannten sechs Aussagen sind nicht wahr.

LIEBER PRÜFLING!

Wer sitzt nun auf welcher Seite des Tisches?

SPANNUNG!

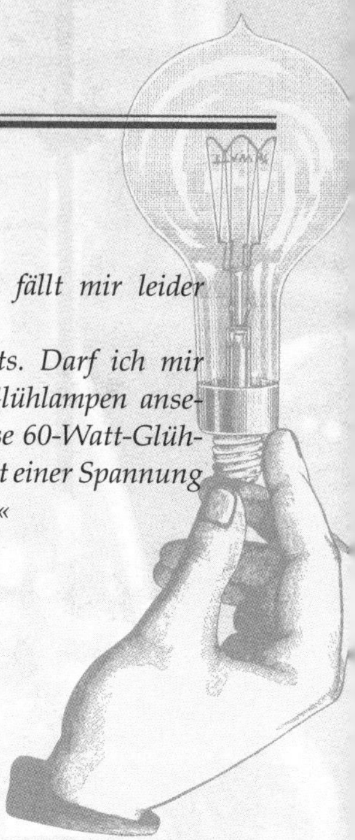

Fantastic! Ich muss sagen, die französische Küche schmeckt mir. Vielleicht können Sie mir eine französische Köchin empfehlen, die mit mir nach Amerika kommen möchte? Gutes Personal ist doch auf der ganzen Welt schwer zu finden.«

»Pardon, aber da fällt mir leider niemand ein.«

»Das macht nichts. Darf ich mir einmal Ihre schönen Glühlampen ansehen? Aha, ich sehe, diese 60-Watt-Glühbirne wird in Europa mit einer Spannung von 230 Volt betrieben.«

EINE FRAGE AN SIE:
Wenn ich diese Lampe in Amerika mit einer Spannung von nur 115 Volt betreibe: Leuchtet sie dann heller, genauso hell, weniger hell oder gar nicht?

DAS ERBE

Signora Curie, möchten Sie uns nach dieser bekömmlichen Mahlzeit nicht einmal Ihr Labor zeigen? Als Universalgenie der Renaissance bin ich von Natur aus neugierig und möchte am liebsten alles Wissen der Welt in mich aufsaugen.«

»Oui, naturellement, Monsieur da Vinci! Wir haben den ganzen Nachmittag Zeit und können diese unter anderem für die Besichtigung meines Labors nutzen. Wenn ich das Labor betrete, bin ich allerdings immer auch ein wenig traurig, denn ich erinnere mich dann an meinen lieben Mann Pierre, der 1906 durch einen Verkehrsunfall ums Leben kam. Wir haben viel zusammen geforscht.«

Da ich mich gerade daran erinnere, dass ich eine Witwe bin: Vom Schweizer Mathematiker Leonhard Euler stammt ein Rätsel, in dem ein Mann seiner Witwe, seinen beide Söhnen und seinen drei Töchtern insgesamt 11 000 Taler hinterlässt. Die Witwe bekommt dabei doppelt so viel wie ein Sohn und ein Sohn doppelt so viel wie eine Tochter. Wie viele Taler erhält jeder Erbe?

SECHS STEINE

Ein durchaus interessantes Labor nennen Sie Ihr Eigen, Madame Curie, näch.«

»Magnificent! Da können wir uns eine Scheibe davon abschneiden, nicht wahr, Nikola?«

»In der Tat, es ist beeindruckend! Wobei aber auch mein Labor nicht von schlechten Eltern ist.«

»Mannomann, kannst du nicht einmal anerkennen, dass andere mehr drauf haben als du?«

»Hört auf, so zu streiten, denn das geziemt sich nicht in Gegenwart einer Dame, näch!«

»Merci, Graf Zeppelin! Ja, in der Tat schätze ich es nicht sehr, wenn in meinem Labor gestritten wird. Unsere Gedanken sollten sich hier ausschließlich der Wissenschaft widmen.«

Nun gebe ich einmal den sechs anderen Genies jeweils einen Stein in die Hand.

☞ Der Stein in der Hand von Archimedes wiegt 50 Mal mehr als der Stein in der Hand von Nikola Tesla.

☞ Der Stein in der Hand von Leonardo da Vinci wiegt nur halb so viel wie der Stein in der Hand des Grafen Zeppelin.

☞ Der Stein in der Hand von Thomas Alva Edison wiegt zehn Mal mehr als der in der Hand des Grafen Zeppelin.

☞ Der Stein in der Hand von Nikola Tesla wiegt ein Fünftel des Steines in der Hand von Leonardo da Vinci.

☞ Der Stein in der Hand von Galileo Galilei wiegt doppelt so viel wie der Stein in der Hand von Nikola Tesla.

☞ Der leichteste Stein wiegt 1 Gramm.

UND NUN DIE FRAGE AN SIE:

Wie viel wiegen die einzelnen Steine?

DER CHEF-CHIRURG

»Che interessante! Was ist denn das für ein seltsames Bild? Eine menschliche Hand, das sehe ich – aber wie merkwürdig gezeichnet?«

»Sie irren ausnahmsweise, Monsieur da Vinci. Es handelt sich hier nicht um eine Zeichnung, sondern um eine sogenannte Röntgenaufnahme, die mein Kollege Wilhelm Conrad Röntgen im Jahr 1896 aufgenommen hat.«

»Soweit ich mich erinnere, auch ein Deutscher, näch.«

»Oui, Graf Zeppelin. Beim Röntgen wird eine geringe radioaktive Strahlung dazu verwendet, um den menschlichen Körper oder Teile davon zu durchleuchten. Auf diese Weise können unter anderem Knochenbrüche sichtbar gemacht werden. Eine höchst amüsante und einschneidende kleine Erfindung!«

Vor Kurzem hatten ein Vater und sein Sohn einen schweren Unfall und wurden ins Krankenhaus eingeliefert. Sowohl der Vater als auch der Sohn hatten schwere Knochenbrüche. Beide wurden geröntgt und mussten operiert werden. Der Sohn kam zuerst auf den Operationstisch. Doch als der Chef-Chirurg den Operationssaal betrat, wurde er leichenblass und rief: *»Ich kann diesen Jungen nicht operieren, das ist mein Sohn!«* Wie ist das möglich?

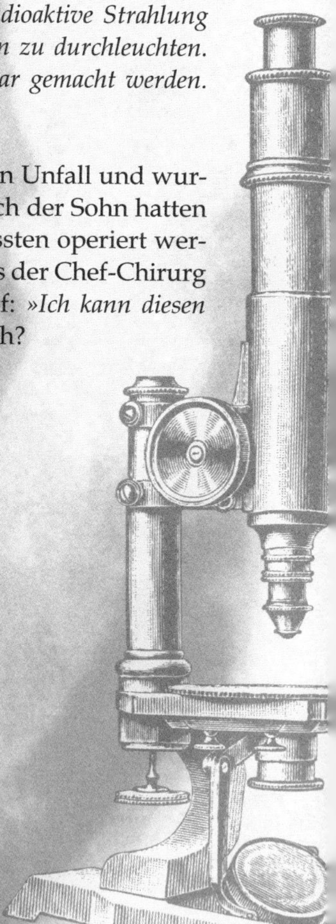

IN RELATION

Unter den großen Genies der Menschheit befinden sich doch recht viele Mathematiker. Und ich muss Ihnen gestehen, auch ich habe die Mathematik studiert. Diese war mir sowohl in meinen Studien in der Physik als auch in der Chemie sehr hilfreich. Oftmals musste ich zum Beispiel Relationen zwischen unterschiedlichen Werten ermitteln.

Das können auch Sie tun! Füllen Sie die leeren Felder so aus, dass sich die Zahlen von 1 bis 9 in jeder Reihe und Spalte finden lassen. Die Relationszeichen zwischen einigen Feldern geben Ihnen zusätzlich Hinweise, ob Zahlen in benachbarten Feldern größer oder kleiner sind.

							<			6	>		>			7
∨						∨		∨		∧						
4			>	5							<					
				∧												∨
	>					6	>			4	<	5		8		
				∨												
	<			1	<		>			3	<		<		>	
∨								∧								
		6	>								>			5		
				∨				∨								
3								6							<	
∧										∨						
						7				1		3			<	9
				∧												∨
6		7		9				4	<	5		2			>	

NOCH MAL NEUN

C'est si bon! Auch im folgenden Raster sollen die Zahlen von 1 bis 9 in jeder Reihe und in jeder Spalte genau einmal vorkommen. Das Raster ist in mehrere Bereiche eingeteilt und in jedem Bereich steht die Summe der Zahlen, die in diesen Bereich einzutragen sind. Schaffen Sie es, werter Prüfling, auch dieses kniffelige Rätsel zu lösen?

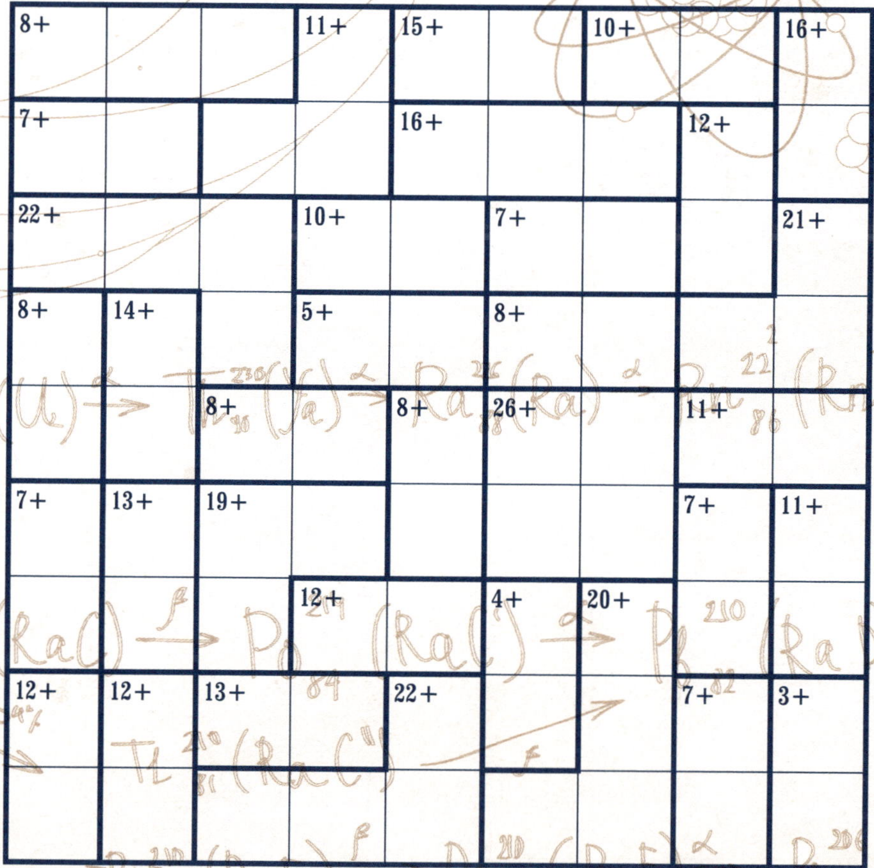

VON A1 BIS E5

Nun ist es bereits spät und morgen wollen wir uns ja auf die Reise begeben. Sie bemerken, werter Gast, dass ich sehr gern mit Ihnen plaudere, Sie dabei auch ein wenig auf den Prüfstand stelle, ob Sie das Zeug zu einem wahren Wissenschaftler und Genie haben. Durch den wachen Verstand, mit dem Sie die von mir gestellten Aufgaben angegangen sind, kann ich nun sagen: Ja, Sie sind begabt, sehr begabt sogar.

Ich darf Ihnen deshalb jetzt, nachdem ich Rücksprache mit den anderen Genies gehalten habe, Ihre fünfte Insignie überreichen, die Sie für die Aufnahme in den SCIENTIA benötigen. Sie haben sozusagen die fünfte Pforte auf dem Weg zu einem Weisen der Menschheit durchschritten. Die Insignie, die ich Ihnen übergeben möchte, ist ein Stein. Ja, er strahlt leicht radioaktiv, aber haben Sie keine Sorge: Die Strahlung ist nur sehr gering und gefährdet nicht Ihre Gesundheit. Dennoch bewahren Sie diese Insignie besser in dem bleiernen Behälter auf, den ich Ihnen ebenfalls schenke.

Ich beglückwünsche Sie zu Ihrer Beharrlichkeit! Sie sind mit uns nun schon einen weiten Weg gegangen, haben einige Abenteuer mit uns erlebt, sich zahlreichen schwierigen Aufgaben gestellt. Machen Sie weiter so!

Bevor wir uns alle zu Bett begeben, um die nötigen Kräfte für die morgige Reise zu sammeln, möchte ich Ihnen noch ein weiteres Rätsel aufgeben. Wie Sie ja sicherlich wissen, kann in der Mathematik nicht nur mit Zahlen, sondern auch mit Buchstaben gerechnet werden. Nun, zu rechnen brauchen Sie bei diesem Rätsel nicht. Ich möchten Sie nur bitten, die Buchstaben von A bis E und die Zahlen von 1 bis 5 dergestalt zu verknüpfen, dass jeder Buchstabe und jede Zahl in jeder Reihe und in jeder Spalte genau einmal vorkommt. In jedem Feld sollen dabei genau eine Zahl und ein Buchstabe stehen.

		D		C
		1	C	E
E		C		5
	2	4		
		5	B	

ERDERWÄRMUNG

Guten Morgen, liebe Sorgen, seid ihr auch schon alle da …«

»Buongiorno, Leonardo!«

»Good morning! Leider ist gestern Abend meine Glühbirne durchgebrannt. Da muss ich noch mal tüfteln. Oder hast du eine Idee, Nikola?«

»Vielleicht liegt das an deinen eingeschränkten Sichtweisen zu den wahren Möglichkeiten der Elektrizität! Also sprich mich darauf am frühen Morgen bitte nicht an!«

»Bonjour, bonjour! Nun freue ich mich schon richtig auf unsere Reise. Wenn ich es richtig verstanden habe, fliegen wir zunächst nach Deutschland und erst anschließend nach England?«

»Das ist korrekt, näch. Wir werden in Deutschland die Herren Claude Dornier und Werner von Siemens aufnehmen, zwei deutsche Erfinder, die ebenfalls Mitglieder des SCIENTIA sind. Anschließend geht es weiter in die englische Hauptstadt London.«

»Moin und heureka! Dann nichts wie los! Mir ist nämlich heute Nacht verdammt mulmig geworden, als ich über die Erderwärmung nachgedacht habe, gegen die dieses schwedische Mädchen mit dem Plakat protestiert. Dieses Thema möchte es im SCIENTIA ansprechen.«

»Perché? Was hat es mit der Erderwärmung auf sich, Archie?«

»Begreifst du es denn nicht, Leonardo? Wenn sich die Erde erwärmt, führt das dazu, dass die Polkappen schmelzen. Und das wiederum hat zur Folge, dass die Tage kürzer werden, wir also unter anderem nicht mehr so lange schlafen können.«

»Das sehe ich, Galileo Galilei, aber ganz anders. Die Tage werden durch das Schmelzen der Polkappen sogar länger werden. Sofern das deine einzige Besorgnis ist, kann ich dich also beruhigen.«

»Nein, nein, das kann ich mir nun gar nicht vorstellen, näch. Die Tage werden durch das Schmelzen der Polkappen weder kürzer noch länger werden. Meinen Zeppelin würde ich darauf allerdings nicht verwetten …«

Ja, wer hat denn nun recht?

GRENZFALL

Madame Curie, begeistert bin ich nicht gerade darüber, dass Sie so viele Koffer und Kisten in meinem Zeppelin transportieren möchten. Es sind sieben an der Zahl. Benötigen Sie denn wirklich so viel Kleidung?«

»Aber Graf Zeppelin, nur in einem der Koffer befindet sich Kleidung. In den anderen Behältnissen habe ich Materialien und Apparaturen verstaut, die ich für meine Forschungen benötige. Denn ich möchte auch auf dieser Reise nicht untätig sein.«

»Gut, gut, näch. Dann werden wir jetzt starten. Wir fliegen nach Friedrichshafen im Süden Deutschlands. Dort werden meine Zeppeline gebaut und dort werden wir meinen früheren Mitarbeiter Claude Dornier abholen, der sich als Flugzeugbauer selbstständig gemacht hat.«

»Claude Dornier – das klingt französisch.«

»In der Tat, Madame Curie, besitzt Claude Dornier neben der deutschen auch die französische Staatsbürgerschaft. Sein Vater war Franzose. Geboren wurde er aber in Kempten im Allgäu.«

»Oh, là, là, très intéressant!«

Da fällt mir etwas ein, was ich kürzlich im französischen Fernsehen gesehen habe. Ein deutsches Segelflugzeug ist abgestürzt – und zwar genau auf der Grenze zwischen Deutschland und Frankreich. Gefunden wurde das Flugzeug von einem Franzosen.

ALSO WERTER PRÜFLING:
Welches Land bekam den Motor des Flugzeugs zugesprochen?

KARTENTRICK

Perfetto, ich erhöhe um 20.«

»Mistkerl! Du weißt aber schon, dass wir hier um Euro pokern, nicht um Lire?«

»Si, Archie, das weiß ich.«

»I'm out of the game.«

»Ich ebenfalls. Gewinnen tue ich eh nicht. Da schaue ich mir lieber mit meinem Fernrohr die Landschaft von oben an. Wie steht es mit dir, Nikola?«

»Gute Frage, Galileo. Mein Blatt ist nicht so schlecht, aber ich passe ebenfalls. Ich glaube nämlich, Leonardo hat die Karten selbst gemalt.«

»Bene, dann nur du und ich Archie. Lass die Hosen runter!«

»Oh nein, Leonardo, ich heiße nicht Goofy! Aber gut, ich lege alle Karten auf den Tisch. Full House!«

»Porca miseria! Der Pot geht an dich, Archie!«

Nun möchte ich Ihnen, werter Gast, aber ein anderes Spiel vorschlagen. Ich lege folgende Karten vor Ihnen auf den Tisch:

- Herz: 2, 5, 7, Bube, Dame, As
- Kreuz: 4, 8, Bube, Dame, As
- Karo: 5, 9, Bube, Dame
- Pik: 2, 7, 8

Ich wähle nun eine dieser Karten aus und verrate Archimedes den Wert der Karte und Thomas Alva Edison die Kartenfarbe.

»Mist, ich weiß aber nicht, welche Karte du gewählt hast, Leonardo!«

»Yes, und ich weiß, dass du es nicht weißt.«

»Heureka, jetzt weiß ich, welche Karte es ist!«

»Very good! Und ich weiß es jetzt auch.«

LIEBER PRÜFLING:

Archimedes und Thomas Alva Edison kennen nun also die von mir gewählte Karte. Und Sie?

NOTLANDUNG

Bis hierher hör ich die Motoren …«

»Ja, Leonardo, wir haben ein kleines Problem, näch. Die Motoren meines Zeppelins qualmen und stottern. Da hat sicher ein Franzos' was sabotiert – aus Rache für 1870/71. Ich fürchte wir müssen notlanden.«

»Und das so kurz vor dem Ziel! Mit einem Elektromotor wäre das aber nicht passiert.«

»Das mag sein, Nikola. Doch ich habe auch eine gute Nachricht. Dort unten befindet sich bereits die Stadt Friedrichshafen am Bodensee, wo nicht nur meine Zeppeline, sondern auch Claude Dorniers Flugzeuge gebaut werden. Wir können auf dem Bodensee notwassern.«

»Mist! Hätte ich das gewusst, dann hätte ich meine Badehose eingepackt.«

»Silenzio! Jetzt wird nicht in die Hose gewässert, sondern notgewassert.«

»Alle still verhalten und festhalten, näch, auch auf dem Wasser kann man hart landen!«

Bei der Notlandung muss der Zeppelin im Gleichgewicht gehalten werden. Hierbei können Sie mir behilflich sein. Sehen Sie sich hierzu das folgende Raster an, es ist in mehrere Bereiche eingeteilt. In jeden dieser Bereiche sind nun ein heller und ein dunkler Kreis einzuzeichnen. Die hellen Kreise sind leicht und schweben nach oben. Sie müssen deshalb entweder in der obersten Reihe des Rasters oder unterhalb eines dunklen Feldes oder unterhalb eines anderen hellen Kreises platziert werden, denn sonst schweben sie davon. Die dunklen Kreise hingegen sind schwer und gehören deshalb entweder in die unterste Reihe des Rasters, oberhalb eines dunklen Feldes oder oberhalb eines anderen dunklen Kreises – sie würden sonst nach unten fallen. Platzieren Sie einen hellen und einen dunklen Kreis so in jedem der Bereiche, dass die genannten Regeln zutreffen!

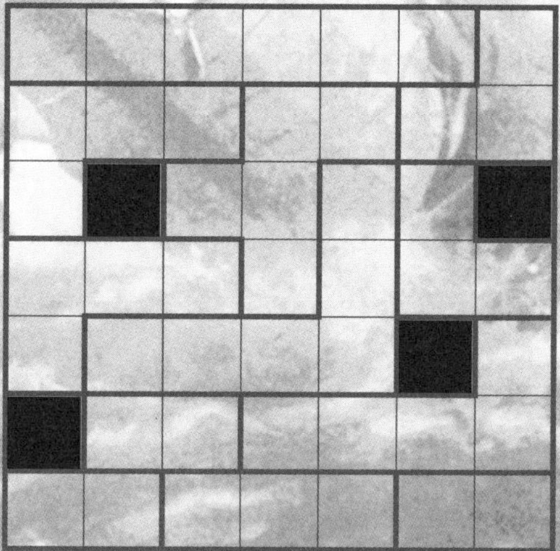

DAS RETTUNGSSCHIFF

Der Bodensee ist um diese Jahreszeit ganz schön kalt, näch. Aber haltet durch, das Rettungsschiff ist nur noch wenige Meter von uns entfernt. Es wird uns rasch zum Ufer bringen.«

»Ich wusste es, ich wusste es! Ich hätte doch in Florenz bleiben sollen. Dann schon lieber Ärger mit der katholischen Kirche.«

»Please, meckere nicht, Galileo! So ein kaltes Bad soll sogar höchst gesund sein. Das hat zumindest ein Zeitgenosse von mir festgestellt, ein gewisser Sebastian Kneipp.«

»Na super, du Elektriker! Wir sind hier aber nicht auf Kur!«

»Do you want to fight, Nikola? Willst du was von mir? Willst du was von mir? Na los, sag schon: Willst du was von mir?«

»Ruhe jetzt, behaltet eure Würde, näch! Das Rettungsschiff nimmt uns nun auf.«

»Archie, du steigst zuerst ins Rettungsschiff, dann komme ich. Alter vor Schönheit.«

»Jaja, dein Alter bläst dir gleich den Marsch!«

Aha, ich sehe, dass sich die Sprossenleiter unseres Rettungsschiffs 20 Zentimeter über dem Wasserspiegel befindet. Die Sprossen sind in einem Abstand von 15 Zentimeter voneinander angebracht.

MEINE FRAGE AN SIE LAUTET:

Wenn der Wasserspiegel um 50 Zentimeter steigen würde – auf welche Sprosse müssten wir uns mindestens stellen, um keine nassen Füße zu bekommen?

DER FLUGGAST

Es ist schön, euch hier zu haben. Ganz besonders freue ich mich aber, Sie, Madame Curie, in meinem Haus begrüßen zu dürfen. Sie wurden von meinen Bediensteten bereits alle mit trockener Kleidung ausgestattet. Genießen Sie nun etwas heißen Tee, um einer Erkältung vorzubeugen! Ich werde mich, wenn Sie es gestatten, solange unserem Prüfling vorstellen.«

»Merci, Monsieur Dornier. Ich sehe, Sie sind ein Mann edlen Charakters. Danke für Ihre Gastfreundschaft – und ebenso für Ihren zärtlichen Handkuss. Ich bin nun ein wenig verlegen.«

»Aber das müssen Sie doch nicht sein, Madame Curie. Unterhalten Sie sich gut in diesem Kreis illustrer Erfinder!«

Ihnen, werter Prüfling, möchte ich mich nun etwas näher vorstellen. Mein Name ist Claude Dornier. Ich lebte von 1884 bis 1969. Geboren wurde ich, wie Ihnen mein früherer Arbeitgeber, der Graf Zeppelin, ja bereits mitgeteilt hat, in Kempten im Allgäu als Sohn einer deutschen Mutter und eines französischen Vaters. Ich war einer der großen Pioniere im Flugzeugbau und wurde als solcher zunächst Geschäftsführer in einem Flugzeugwerk. Dieses übernahm ich im Jahr 1932 als Eigentümer und konnte nun nach Herzenslust meine Flugzeuge sowie Flugboote bauen. Bekannte Modelle sind etwa die Do X, die Do 18 sowie das Flugboot Superwal.

Nun habe ich auch gleich ein kniffliges Logikrätsel für Sie auf Lager. In einem meiner Flugzeuge gibt es 160 Sitzplätze, die auf einem Flug alle ausgebucht waren. Am Flughafen bildeten alle 160 Fluggäste eine Schlange. Jedoch hatte der erste Fluggast seine Bordkarte verloren und durfte sich deshalb einen beliebigen Platz aussuchen.

Mit welcher Wahrscheinlichkeit kann der 160. Fluggast den Platz einnehmen, der ihm auf seiner Bordkarte zugewiesen wird?

TESTFLUG

Claude, ich möchte dir sagen, dass du einer meiner fähigsten Mitarbeiter warst, näch. Wir haben dich im Jahr 1910 in unserer Versuchsabteilung eingestellt und schon 1912 hast du die drehbare Zeppelinhalle erfunden. Später hast du dann auch erstklassige Flugzeuge für uns konstruiert. Aber ich verstehe gut, dass du mit deinen Fähigkeiten kein Angestellter bleiben, sondern dein eigenes Unternehmen führen wolltest.«

»Meinen herzlichsten Dank, verehrter Ferdinand. Nicht nur für diese freundlichen Worte, sondern auch für die Chancen, die du mir damals in deinem Unternehmen geboten hast. Unter anderem wurde ich ja auf deinen Wunsch im Königreich Württemberg eingebürgert, nachdem ich zuvor nur die französische Staatsbürgerschaft besessen hatte.«

»Che interessante! Ich möchte an dieser Stelle aber noch erwähnen, dass ich, Leonardo, die Idee zum Bau von Flugzeugen schon zur Zeit der Renaissance hatte.«

»Danke für diesen Einwurf, Leonardo! Wir wertschätzen deine Arbeit als Ideengeber sehr. Aber bis zum Bau von Flugzeugen vom Kaliber einer Do X war es dann doch noch ein weiter Weg.«

SEHEN SIE, WERTER PRÜFLING,
meine Flugzeuge am Himmel, die sich auf einem Testflug befinden?
Ein Flugzeug fliegt zwischen zwei Flugzeugen, ein Flugzeug fliegt vor zwei Flugzeugen und ein Flugzeug fliegt hinter zwei Flugzeugen.
Wie viele Flugzeuge sind es?

DAS FLUGZEUGWERK

Nun möchte ich es mir nicht nehmen lassen, euch alle durch mein Flugzeugwerk zu führen. Gestatten Sie mir, Madame Curie, Ihnen dazu meinen Arm anzutragen.«

»Oh, Monsieur Dornier, aber sehr gern!«

»Es ist mir eine große Freude!«

Schreiten wir zunächst durch das Bürogebäude, in denen meine Ingenieure tätig sind. Gern zeige ich Ihnen einen Plan des Gebäudes. Allerdings wurden in diesem Plan keine Wände eingezeichnet. Übernehmen Sie das Einzeichnen der Wände! Die Raumgrößen, also die Anzahl der Felder eines Raumes, entsprechen den Zahlen, die teils im Plan bereits eingetragen oder noch einzutragen sind. Räume gleicher Größe dürfen sich weder horizontal noch vertikal berühren.

8	8				7					3	
	5	1						3			2
		5		3	2	1			8	8	
	8		9			4					5
				2		8	8		5		
	5	5	9		3			8	3		
9	5				2		3	4		5	
9	3	5	3		3			4	5		4
							5		1		5
			2					2			
5			3			3		5	3	6	6
	3			4	7		5				

FALLSCHIRMSPRINGER

Weitaus interessanter als das Bürogebäude ist aber natürlich die Halle, in denen die Flugzeuge produziert werden. Seht und staunt, was uns die moderne Technik alles ermöglicht!«

»Nicht übel, mit den Flugzeugen könnten wir endlich die Römer fertigmachen!«

»Amazing, indeed!«

»Fantastique, Monsieur Dornier!«

»Und seht ihr das Flugzeug dort hinten? Das ist eine Do X. Damit werden wir nach Berlin und anschließend nach London weiterfliegen. Denn der Zeppelin muss erst wieder instandgesetzt werden.«

Werter Prüfling, nun möchte ich noch einmal Ihren Scharfsinn auf die Probe stellen. Aus dieser Do X ist einmal ein Mann mit dem Fallschirm abgesprungen. Obwohl sich der Fallschirm nicht öffnete und der Mann auf trockenem Boden landete, blieb er unverletzt. Wie kann das sein?

FLUGDAUER

Das Gepäck ist verstaut, wir haben gemütlich Platz genommen. Die Piloten meiner Do X werden uns nun sicher nach Berlin bringen – denn ich zähle zwar zu den bedeutendsten Flugpionieren, ich selbst habe jedoch nie den Flugschein gemacht. Ich empfinde es als sehr angenehm, dass Sie, Madame Curie, sich neben mich gesetzt haben.«

»Erneut merci, Monsieur Dornier. Sie sind so charmant!«

»Das Flugzeug ist natürlich sehr komfortabel, näch.«

»Ich bedanke mich herzlichst für die wertschätzenden Komplimente. Das tut mir, ich muss es gestehen, sehr gut. Nun aber: Sind alle angeschnallt? Alle Sitze hochgestellt? Wir starten!«

Übrigens bin ich kürzlich von Berlin aus nach New York City geflogen. Dort ist es jetzt 8:55 Uhr. Ich bin in Berlin um 14:03 Uhr gestartet. Der Flug dauerte 8 Stunden und 55 Minuten. In Berlin ist es jetzt 14:55 Uhr. Um welche Ortszeit bin ich in New York City gelandet?

GALAXIEN

Nur noch eine Stunde, dann wird meine Do X in Berlin landen. Ich habe Werner von Siemens bereits durch meine Sekretärin informieren lassen. Er wird zum Landepunkt am Müggelsee kommen und direkt zusteigen, sodass wir anschließend gleich nach London weiterfliegen können.«

»Monsieur Dornier, Sie organisieren alles so perfekt! Ich bin begeistert von Ihnen.«

»Und ich schätze sehr Ihre Gegenwart, Madame Curie!«

»Bevor mir bei diesem Schmalz das Abendessen wieder hochkommt: Kannst du uns nicht etwas über die Sterne erzählen, Galileo?«

»Sehr gern, Archimedes!«

»Der Weltraum, unendliche Weiten … Im Weltraum gibt es viele Milliarden Galaxien mit jeweils vielen Milliarden Sternen. Unsere Milchstraße ist nur eine dieser Galaxien und unsere Sonne nur ein Stern in dieser Galaxie. Und unsere Erde ist nur einer von mehreren Planeten, der um die Sonne kreist, die sich in der Mitte unseres Sonnensystems befindet.«

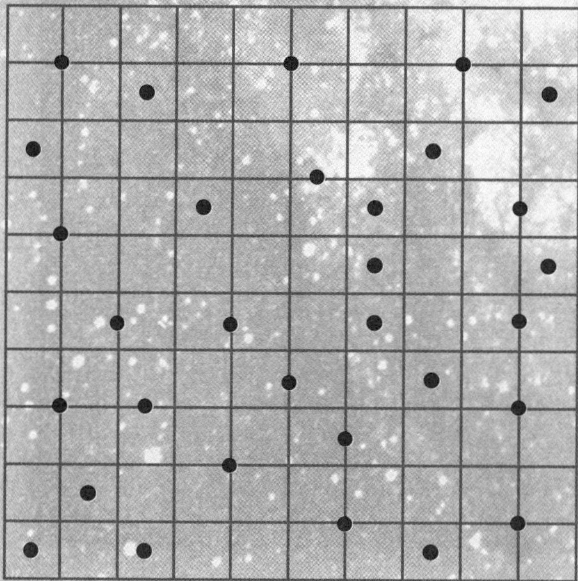

Und nun eine Aufgabe für Sie, werter Prüfling: Zeichnen Sie in das nebenstehende Raster verschiedene Formen von Galaxien ein, und zwar so, dass sich jeder Punkt in der Mitte einer Galaxie befindet. Galaxien dürfen sich nicht überschneiden, und es darf auch keine Leerräume zwischen den Galaxien geben. Eine Galaxie kann 1 bis 8 Felder umfassen.

DER REGENBOGEN

Meine Do X ist wie erwartet sauber gelandet – und dort steht ja auch schon der Werner.«

»Es muss kesseln, sage ich da nur!«

»Archie, per favore, spare dir doch diese unqualifizierten Bemerkungen. Sie werfen ein sehr schlechtes Bild auf dich und passen nicht zu einem der größten Genies der Weltgeschichte. Nach mir, versteht sich …«

»Suchst du etwa Ärger, Leonardo? Pass bloß auf, ich habe ein Taschen-Katapult dabei!«

»S'il vous plaît, streiten Sie doch nicht meine Herren! Lassen Sie uns lieber den Herrn von Siemens begrüßen. Bonjour, Monsieur, bonjour!«

»Hello Werner, lange nicht gesehen! Vielleicht kommen wir bald mal ins Geschäft?«

»Ciao Werni und ein Küsschen von mir.«

»Mensch! Sind wir denn hier bei den Waltons? Einsteigen, Werner, und dann ab die Post nach London! Sonst bringe ich euch allen Mal ein paar neue archimedische Prinzipien bei.«

»Guten Tag, ich komme ja schon an Bord und werde mich dann einfach während des Fluges vorstellen, damit wir keine Zeit verlieren. Claude, wir können starten.«

Es hat ein wenig zu regnen begonnen und ein Regenbogen steht am Horizont. Einer Sage nach soll sich am Ende des Regenbogens ein Goldschatz befinden. Aber sagen Sie: Können wir das Ende des Regenbogens erreichen, wenn wir nur schnell genug fliegen?

DREIREIHER

Ferdinand, Claude, kommt doch einmal her! Ihr habt mich ja bereits telefonisch über die herausragenden Talente unseres Prüflings in Kenntnis gesetzt. Nun konnte ich mich selbst überzeugen. Ich stimme euch voll zu, dass wir gemeinsam die sechste Insignie überreichen sollten, als Pioniere im Bereich der Mobilität sozusagen.«

»Wir haben dir nicht zu viel versprochen, näch.«

»Ich freue mich sehr, dass du mit uns übereinstimmst, Werner. So lasst uns denn unserem Prüfling die sechste Insignie überreichen! Es ist – ein Zahnrad. Denn wir denken, dass das Zahnrad ein wichtiges Symbol für unsere modernen Technologien ist. Zumindest ist es ein wichtiger Bestandteil von Getrieben.«

»Ferdinand, Claude und ich beglückwünschen Sie ganz herzlich zu dieser sechsten Insignie. Nur eine weitere Insignie, das Durchschreiten einer einzigen Pforte ist nunmehr erforderlich, um in den erlauchten Kreis des SCIENTIA aufgenommen zu werden.«

»Lassen Sie sich auch von mir die Hand schütteln, näch! Wir haben bereits eine weite Strecke gemeinsam zurückgelegt und ich habe Sie als eine aufgeweckte, talentierte und hochintelligente Person kennen und schätzen gelernt.«

Und da wir drei deutschen Genies nun in Dreireihern in einer Reihe vor Ihnen stehen, möchte ich Ihnen einmal wieder eine Aufgabe stellen, näch. Füllen Sie das folgende Raster dergestalt mit Kreuzen und Kreisen, dass jederzeit höchstens drei Kreuze oder Kreise horizontal, vertikal oder diagonal zusammenhängen!

	X	X	X			O			O	O		O	
O	X	X		X					O			X	O
		X		X		O	O				X		O
O				X					O				O
		O			X		X	O	X		O	O	
X		X			X		O		X		O	X	
			O				O					O	X
X			O	X	O		X	X	X				
X	O										O	X	X
O		X			O		X		X				O
O	X	O	X		X		O		O		O		X
	X	X	X							X	X	O	O
	X	X		X	O		X		X	O	X		
			O	O	O		O			O	X		O

BUMMELPLANUNG

Sehr schön, meine Piloten haben die Do X wie immer sicher heruntergebracht. Nun befinden wir uns auf einem der großen Wasserreservoirs entlang der Themse in der Nähe des Londoner Flughafens Heathrow. Übrigens ist das der größte Flughafen Europas.«

»Die Landung war in der Tat perfekt, näch. Jetzt nur noch durch die Grenzkontrolle und dann fahren wir zur Villa von Isaac Newton.«

»Uno momento, Ferdinand, nicht so schnell! Das Treffen des SCIENTIA ist doch erst morgen. Ich schlage vor, dass wir heute erst einmal die englische Hauptstadt näher anschauen – zu meinen Lebzeiten bin ich dazu nämlich nicht gekommen. Was meint ihr anderen dazu?«

»Good idea, Leonardo!«

»Eine verdammt gute Idee sogar! Heureka, sag ich da nur.«

»Ich sehe, auch die anderen nicken zustimmend, näch. Meine Haltung ist zwar: Erst die Arbeit, dann das Vergnügen, jedoch entscheidet die Mehrheit.«

»Superbo, das wird lustig!«

Schauen Sie mal, werter Prüfling! Ich habe für unseren Stadtbummel sogar schon einen Plan vorbereitet. In diesem Plan sehen Sie die Bereiche, die wir in London besuchen möchten. Ihre Aufgabe ist es nun, eine durchgehende Linie zu zeichnen, die durch alle Bereiche geht. Die Linie darf sich dabei nicht kreuzen. Jeder Bereich darf genau einmal betreten und wieder verlassen werden. Starten Sie ganz einfach oben links.

DER BUS

Adesso, endlich stehen wir an der Bushaltestelle. Der Bus, der uns in die Londoner City bringen wird, müsste in Kürze eintreffen. Der Bus, der gerade an uns vorbeifährt, ist es aber noch nicht.«

SAGEN SIE MIR DOCH BITTE:
In welche Richtung fährt dieser Bus – nach links oder nach rechts?

ZUM TOWER OF LONDON

Unsere Koffer haben wir bereits zum Hotel bringen lassen, näch. Was wollen wir uns als Erstes ansehen?«

»Mir egal, Hauptsache keine Römer! Und wenn ich da einen Blick auf die Turteltäubchen Claude und die Madame Curie werfe, kann ich mir vorstellen, was die beiden sich jetzt gern ansehen würden. Aber das könnt ihr euch abschminken! Wir behalten euch die ganze Zeit im Blick, notfalls mit dem Fernrohr des Galileo.«

»Wovon sprechen Sie, Monsieur Archimedes? Ich bin empört!«

»Per favore, keinen Streit! Lassen Sie Archie einfach reden, Madame Curie. Wenn Sie ihn einfach nicht beachten, gibt er am schnellsten wieder Ruhe. Und was die Stadtbesichtigung betrifft. Ich würde mir gern den Tower of London ansehen. Gibt es Gegenstimmen?«

»Ich glaube, du hast das mit den Kronjuwelen falsch verstanden, Leonardo. Aber da es im Tower wohl keine Römer gibt, können wir von mir aus hingehen.«

»Bene, der Tower ist nicht weit von hier. Machen wir einen Spaziergang!«

Ich, Leonardo, gehe voran. Es folgen Graf Zeppelin und Archimedes. Dann kommen Edison, Tesla, Madame Curie. Nun überholt der Vierte den Dritten. Schließlich positionieren sich Dornier, Siemens und Sie, werter Prüfling, an der Spitze. An welcher Stelle befindet sich Edison?

GEMEINSAMKEITEN

Very interesting, the Tower of London. Allerdings gibt es so etwas in Amerika viel größer. Was besichtigen wir als nächstes? Ich bin am Elektrizitätswerk interessiert.«

»Ja, aber wir anderen nicht. Ich will ein Museum besuchen, in dem gezeigt wird, wie die Römer besiegt wurden.«

»Non, non, ich möchte mir gern die Abtei von Westminster ansehen. Dort wurden viele große Geister bestattet, denen wir huldigen sollten.«

»Drei Wünsche auf einmal? Scusi, aber das geht nun wirklich nicht. Wie wäre es mit Madame Tussauds Wachsfigurenkabinett, Madame Curie? Auch dort können wir Berühmtheiten huldigen, dabei aber unseren Spaß haben.«

»D'accord, Monsieur da Vinci. Ich muss sagen, London gefällt mir sehr, auch wenn es nicht an meine Wahlheimat Paris heranreicht.«

»Grazie mille für Ihre Zustimmung, Madame Curie! Und Edi, ich muss zugeben, dass mich unsere USA-Reise durchaus beeindruckt hat, auf der wir dich und Nikola abgeholt haben. Du brauchst also nicht immer so zu prahlen!«

EINE FRAGE AN SIE, LIEBER PRÜFLING:
Was haben die amerikanischen Städte Portland, Houston und Boston gemeinsam, was den Städten Chicago, Miami und Lincoln fehlt?

DER TAXIFAHRER

Wonderful! Das war ein wirklich gelungenes Sightseeing!«

»Das finde ich auch, näch. Aber nun wird es Zeit, uns ein Taxi zur Villa von Isaac Newton zu nehmen. Wir wollen nach guter deutscher Art pünktlich sein.«

»Jawohl, Herr Genera… äh… ich meine natürlich, lieber Ferdinand. Zu gern wäre ich mit einer elektrischen Straßenbahn gefahren, aber so etwas haben die hier in London wohl noch nicht.«

»Aber Monsieur von Siemens, ein Taxi ist doch auch viel bequemer. Auch wenn es manchmal unsicher sein kann.«

»Wie meinen Sie das denn, liebe Madame Curie?«

»Ach Claude, da war doch einmal dieser Taxifahrer in Paris, der ständig von seiner Frau sprach, die gerade in seinem Haus allein wäre. Einmal stieg ein gut aussehender Mann zu ihm ins Taxi. Er nannte dem Taxifahrer eine Adresse. Doch der Taxifahrer fuhr nicht zu dieser Adresse. Stattdessen fuhr er in eine dunkle Gasse, wo er den Fahrgast furchtbar verprügelte.«

SAGEN SIE MIR:
Können Sie sich, lieber Prüfling, denken, warum der Taxifahrer so handelte?

DER ALCHEMIST

Madonna! Das ist also die Villa von Isaac Newton? Ziemlich pompös! In England lebt es sich anscheinend nicht schlecht von der Wissenschaft. Ich, Leonardo, für meinen Teil musste mein Leben lang um Aufträge kämpfen und mich irgendwelchen Aristokraten andienen.«

»Heureka! Da gibt es sicher auch einiges zu futtern!«

»Wir werden sehen, näch. Allerdings hat Isaac Newton bei einer Südsee-Spekulation viel Geld eingebüßt – nach der Währung unseres Prüflings in etwa drei Millionen Euro. Hätte er die Summe doch besser in meine Zeppeline investiert. Aber, hach, Isaac Newton lebte ja lange vor meiner Zeit. Sprecht ihn bloß nicht auf die Südsee-Spekulation an!«

»I have a question. Ist Isaac Newton nicht so ein Alchemist, der Blei in Gold verwandeln kann?«

»Rede doch nicht so einen Mist, Edi! Einen Alche-Mist sozusagen … Nicht einmal ich, der große Archimedes, konnte Blei in Gold verwandeln, und dann kann es niemand.«

»Mon dieu, nicht schon wieder! Bitte nicht streiten! Beruhigen wir uns bitte alle, bevor wir uns in die Villa begeben und vielen anderen großen Geistern begegnen werden.«

»Madame Curie hat wie immer recht, näch. Vielleicht wird es Selters statt Sekt geben und belegte Stullen statt Kaviar, aber das ficht doch uns Menschen des Geistes nicht an.«

Auch in der Welt der Antike gab es schon Alchemisten. Einmal wollte mir ein solcher eine Flasche mit einem Wunderelixier andrehen. Er behauptete, die Flüssigkeit würde alles vernichten, mit dem sie in Berührung kommt, und fragte mich, ob ich den Extrakt nicht in meinem Kampf gegen die Römer einsetzen wollte. Ich jagte ihn natürlich sofort zum Teufel, ohne die Flüssigkeit überhaupt zu prüfen.

LIEBER PRÜFLING:
Wie konnte ich wissen, dass das Wunderelixier nicht die versprochene Wirkung hatte?

DER APFEL

Oh my God! Ist das Graf Dracula?"
»Pssst, Thomas. Das ist Isaac Newton, näch. Die Engländer lieben nun mal die vornehme Blässe. Still jetzt, er kommt mit offenen Armen auf uns zu, um uns zu begrüßen!«

»Welcome, welcome in meinem bescheidenen Haus! Ein schöner Tag heute, isn't it? Tretet mit mir in den Saal und trinkt erst einmal eine heiße Tasse Tee mit mir. Wen habt ihr denn da bei euch?«

»Einen äußert begabten Prüfling, näch. Ihm wurden von uns anderen Genies bereits sechs Insignien überreicht, sodass heute dir die Entscheidung obliegt, ob er in unseren SCIENTIA aufgenommen werden kann oder nicht. Aber bitte, bitte, lieber Isaac, mustere unseren Prüfling doch nicht so kritisch wie einen Apfel im Krämerladen!«

»Ein höchst interessantes Subjekt, isn't it?«

Ich bin Isaac Newton, der zu den bedeutendsten Physikern und Mathematikern aller Zeiten gezählt wird. Ich lebte von 1643 bis 1727 und formulierte unter anderem das Gravitationsgesetz, entwickelte die Infinitesimalrechnung, verallgemeinerte das binomische Theorem und forschte auch auf dem Gebiet der Optik. Mein Werk *Philosophiae Naturalis Principia Mathematica* wird als eines der wichtigsten Werke der wissenschaftlichen Literatur eingestuft.

Mit 18 Jahren besuchte ich das Trinity College in Cambrigde. Dieses wurde 1665 wegen der Großen Pest vorübergehend geschlossen, doch bereits wenige Jahre später bekam ich dort einen Lehrstuhl für Mathematik. Schon 1669, als nicht einmal Dreißigjähriger, veröffentlichte ich mein Werk *De analysi per aequationes numero terminorum infinitas*, mit dem ich die Infinitesimalrechnung vorbereitete.

Zunächst aber einmal möchte ich Ihnen eine Frage zur Schwerkraft stellen. Der Uhrturm des Palace of Westminster ist rund 96 Meter hoch.

MEINE FRAGE AN SIE:
Wie kann ein Apfel 96 Meter nach unten fallen, ohne Schaden zu nehmen? Hilfsmittel sind nicht erlaubt.

MATHEMATISCHES

Auch für Sie ist die Mathematik sicherlich eine Wissenschaft, die Sie lieben. Alles ist in der Mathematik so herrlich logisch, isn't it? Nun tragen Sie doch einmal in das folgende Raster die Zahlen von 1 bis 9 so ein, dass die Zahlen in jeder Zeile und in jeder Spalte genau einmal vorkommen. Einige Zahlen habe ich Ihnen bereits vorgegeben. In den Kreisen finden Sie außerdem einige zusätzliche Bedingungen, die Sie bitte beachten: Sie zeigen einen mathematischen Operator – also plus, minus, mal oder geteilt durch – sowie jeweils davor stehend das Ergebnis einer Berechnung zwischen den jeweils diagonal benachbarten Zellen unter Verwendung dieses Operators.

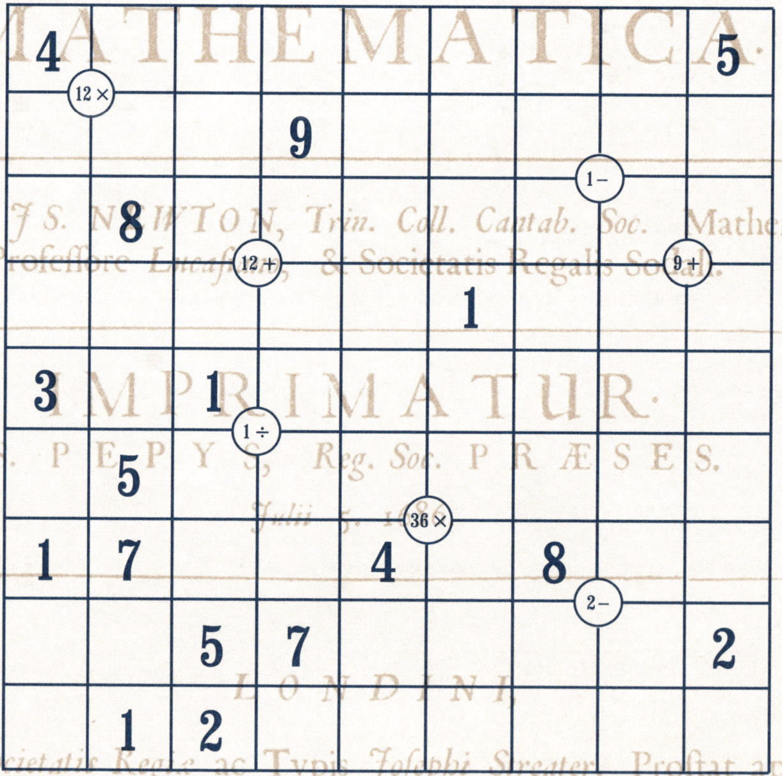

21 STUDIERZIMMER

Als ich am Trinity College in Cambridge lehrte, wollte ich einmal 21 Studenten ihre Studierzimmer so zuteilen, dass jedes Zimmer die gleiche Größe hatte und über genau einen Schreibtisch verfügte.

Auf dem folgenden Plan sehen Sie die runden Schreibtische. Zeichnen Sie die Wände der Studierzimmer ein! Aber nur die hellen Felder können Bestandteil eines Studierzimmers sein.

$E=mc^2$

ZUNGE UND ZAHL

Die Herren Genies, die Sie mitgebracht haben, sind bereits in Unterhaltungen verwickelt. So möchte ich Sie mit einigen interessanten Persönlichkeiten bekannt machen – wobei Sie deren Namen bestimmt schon zuvor gehört haben. Auch wenn diese vielleicht nicht an meinen genialen Geist heranreichen mögen, ein bisschen was haben auch sie geleistet.

Sehen Sie zum Beispiel diesen Herrn mit der wirren Haarpracht und dem Schnurrbart, der Leonardo da Vinci die Zunge herausstreckt? Das ist Albert Einstein. Ein etwas alberner Name, isn't it? Doch der Herr ist ein durchaus ernst zu nehmender Physiker.

»Guten Tag, Mister Einstein! Ich hoffe, Sie unterhalten sich gut mit meinen Gästen. Darf ich Ihnen einen neuen Prüfling vorstellen? Dieser hat bereits sechs Insignien erhalten. Wenn er weiter seine Klugheit beweist, könnte er vielleicht noch heute Abend ein Mitglied unseres SCIENTIA werden. Was hat denn Mister da Vinci eben zu Ihnen gesagt, wenn ich mir diese Frage erlauben darf?«

»Hallo, hallo! Ach, der Leonardo. Er sagte so was wie ›Zunge strecken darf man nicht, denn das heißt ich liebe dich.‹ Er hat wohl schon einiges intus, der gute Mann. Na, alles ist relativ. Doch lassen wir das …«

Ich bin hocherfreut Sie kennenzulernen. Wie Sie sicherlich wissen, zähle ich, Albert Einstein, wohl zu den bedeutendsten theoretischen Physikern der Wissenschaftsgeschichte. Ich wurde 1879 in Ulm geboren, fand meine Heimat aber in mehreren Staaten und würde mich als jüdischer Weltbürger bezeichnen. Ich forschte in den Bereichen von Raum und Zeit, Materie sowie Gravitation. Meine Erkenntnisse veränderten das bis dahin geltende newtonsche Weltbild erheblich. Ich starb 1955 in den USA.

»Nach meiner Ansicht nur neumodischer Kram, isn't it? ›Das newtonsche Weltbild erheblich …‹ – da kann ich nur vornehm lachen.«

»Schon gut, schon gut, Herr Newton! Es liegt mir fern, einen Streit mit Ihnen anzuzetteln.«

Viel lieber möchte ich Ihnen, lieber Prüfling, einmal eine Frage stellen, nämlich: Mit welcher Zahl wird diese Reihe logisch fortgesetzt?

1879, 9187, 7918, ?

SO‘N BISCHEN DAZWISCHEN

Nach meiner Relativitätstheorie sind Angaben zu Raum und Zeit vom Beobachter abhängig und keineswegs allgemeingültige Strukturen. Die Welt ist eben etwas komplizierter als sich das die Physiker in früheren Zeiten ausgemalt haben.

»Nein, Mister Newton, damit meine ich nicht speziell Sie!«

Selbst Logikrätsel sind relativ. Einige Personen werden mein Rätsel als relativ schwierig empfinden. Anderen, so wie sicherlich auch Ihnen, fällt die Lösung relativ leicht. Welche Zahl gehört an die Stelle des Fragezeichens? Als kleine Hilfe gebe ich noch den Hinweis, dass sich einige der Zahlen in den Zwischenräumen befinden.

HÖHERE MATHEMATIK

Mister Einstein, nun muss ich Ihnen aber doch einmal sagen, dass ich überhaupt nicht amused bin! Müssen Sie unseren werten Prüfling denn mit Ihren kruden Theorien behelligen?«

»Krude Theorien?! Mister Newton, das ist doch die Höhe!«

»Ja, die Höhe! Lassen Sie aus der Höhe etwas fallen, dann kommt es unten an. Gravitation ist erfahrbar. Das was Sie da verbreiten, sind doch lediglich Hirngespinste. Da brauchen Sie mir gar nicht die Zunge herauszustrecken!«

Lieber Prüfling, es tut mir leid, aber so etwas kann ich mir nicht länger anhören. Ich werde mich mal mit Stephen Hawking unterhalten, der da drüben hockt und im Gegensatz zu diesem verstaubten Newton ein relativ hohes Niveau hat. Auf Wiedersehen!

»Danke, Mister Einstein – dafür, dass Sie gehen!«

Verzeihen Sie bitte, werter Prüfling, dass ich etwas außer mir geraten bin. Ich, Isaac Newton, bin als Mann der Wissenschaft vielen Besserwissern ausgesetzt, und da platzt einem mit der Zeit schon mal der steife Kragen.

Dafür möchte ich Ihnen nun eine relativ einfache Aufgabe stellen … Oh my God, nun bin ich auch schon von diesem Relations-Virus infiziert. Aber es sei, wie es sei.

WÄREN SIE BITTE SO FREUNDLICH?

Berechnen Sie doch bitte einmal die folgende Rechenaufgabe:

$(3^2 - 2^3)^{50} = ?$

WO STEHEN DIE GENIES?

Dies ist doch eine wunderbare Zusammenkunft vieler Genies, isn't it? Zeppelin, Siemens und Galileo Galilei unterhalten sich prächtig mit dem Freiherrn von Drais. Edison und Tesla inspizieren meine Stromrechnung. Dornier und Madame Curie plaudern charmant. Und sehen Sie dort: Archimedes und Leonardo da Vinci genießen an der Bar meinen guten Gin. Lassen Sie mich Ihnen, bevor der offizielle Teil unserer Zusammenkunft beginnt, noch einige weitere Genies vorstellen!

Wo im Raum sich Genies befinden, sehen Sie übrigens auch in diesem Raster. Die Zahlen geben an, wie viele Genies sich in der jeweiligen Richtung befinden, wobei die Felder mit den Zahlen stets frei von Genies bleiben. Schwärzen Sie alle Felder, auf denen sich ein Genie befindet! Die geschwärzten Felder bilden insgesamt einen zusammenhängenden Verbund, der aber keine quadratischen Bereiche aus vier oder mehr Feldern aufweist.

	→4									→1	
				←2			6↓		→1		
3↓		5↓									
→5			←1			←2					3↓
					←4				←6		
		3↑			2↓			→1			
	→5									4↑	3↓
→1	1↓			2↓		6↑					
	2↑			5↑				←1		←1	
									←5		
→8			1↓								
					2↑		→0	6↑			←6

KEKSE, KEKSE!

Ah, da haben wir ja schon ein interessantes Genie, noch dazu ein Zeitgenosse von mir. Darf ich Sie vorstellen?

»Mister Leibniz, das ist ein begabter Prüfling, den Leonardo da Vinci, Graf Zeppelin und die anderen mit in meine Villa gebracht haben. Darf ich Sie einmal ganz kurz mit ihm allein lassen, denn ich möchte ein paar Takte mit Alexander von Humboldt plaudern.«

»Ja, gehen Sie nur, Herr Newton, bis gleich!«

Guten Tag! Ich, Gottfried Wilhelm Leibniz, darf wohl zu den größten deutschen Universalgenies gezählt werden. Ich lebte von 1646 bis 1716, also zur Zeit der frühen Aufklärung, und wirkte produktiv in vielen Bereichen: in der Philosophie, in der Mathematik, in der Juristerei, in der Geschichtswissenschaft sowie in der Politik. Vielleicht ist es ja nicht gerade die allergrößte Ehre, aber auch ein Keks wurde nach mir benannt. Und mit einem Keks möchte ich Ihnen nun gern ein wenig auf den Keks gehen – ich hoffe, Sie sehen mir dieses Wortspiel nach.

Einmal backte meine Frau Kekse. Sie stellte diese in einer Schale auf den Tisch. Ich nahm zwei Kekse und die Hälfte der verbliebenen Kekse heraus. Ein Gast entnahm fünf weitere Kekse. Schließlich nahm meine Frau ein Viertel der ursprünglichen Menge aus der Keksschale. Sieben Kekse blieben nun übrig.

Wie viele Kekse befanden sich ursprünglich in der Keksschale?

BINÄR MIT SYSTEM

Aber auch in den technischen Disziplinen war ich erfolgreich. Unter anderem habe ich eine mechanische Rechenmaschine erfunden, also einen Vorläufer des Computers, sowie das Binärsystem entwickelt. So habe ich gewissermaßen die Grundlage für die moderne Computerprogrammierung geschaffen.

Das Binärsystem setzen Sie auch im folgenden Raster ein. Es gilt: In jeder Reihe und in jeder Spalte befindet sich die gleiche Anzahl an Nullen und Einsen, wobei aber niemals mehr als zwei gleiche Zahlen nebeneinanderstehen. Außerdem unterscheiden sich jede Reihe und jede Spalte von den anderen Reihen und Spalten.

0								1			
0				1	0			0	1		0
		0					0				1
				0			0				
		1			1					1	
			1	1					1		
1			1	0							
									0	0	
1	0							0		0	0
				0				0	0		
	1	1					0				1
1		1	1		1	1					

DREIECKSBEZIEHUNG

Nun bin ich wieder bei Ihnen, meine Herren. Ich musste leider feststellen, dass auch der Herr von Humboldt ein notorischer Besserwisser ist. Da kann ich ja gerade so gut mit Ihnen reden, Mister Leibniz. Haben Sie denn inzwischen verkraftet, dass ich Ihnen bei der Entwicklung der Infinitesimalrechnung zuvorgekommen bin?«

»Dass Sie was? Da muss ich herzlich lachen! Aber ich sage Ihnen, Herr Newton, wenn Sie hier schon wieder einen Streit anzuzetteln versuchen. Dort hinten sitzt der Archimedes, der alte cholerische Zausel – versuchen Sie es bei dem und lassen sich mich in infinitem Frieden!«

»Jaja, getroffene Hunde bellen eben, don't they? Aber gut, lassen wir dieses Thema. Es ist sozusagen ein gar unendlich weites Feld.«

Werter Prüfling, hat Ihnen denn auch unser Mister Leibniz interessante Aufgaben gestellt? Gern möchte ich Ihnen nun einmal wieder eine Frage stellen, denn schließlich bin ich es ja, der Ihnen später die letzte der sieben Insignien überreichen darf – oder auch nicht.

SAGEN SIE MIR:
Welche Zahl gehört an die Stelle des Fragezeichens?

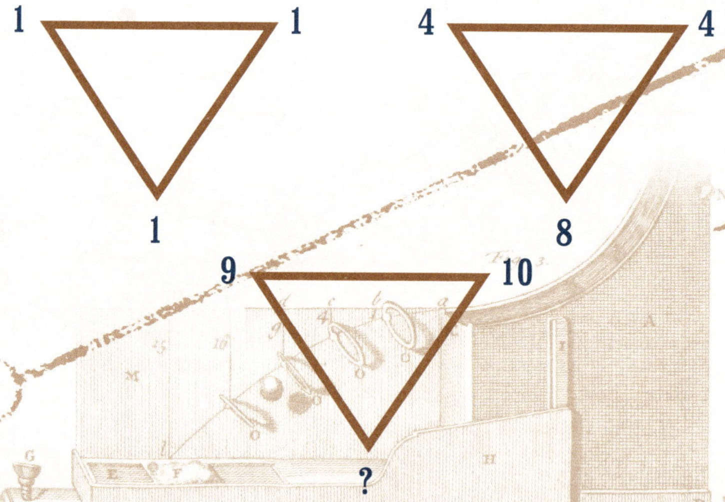

GLEICH ODER ETWA DOCH NICHT?

Zugegeben, Herr Newton, eine wirklich gute Knobelaufgabe, für die selbst ich mehrere graue Zellen aktivieren musste. Mir ist an dieser Stelle noch wichtig richtigzustellen, dass keineswegs Sie allein und vor mir die Infinitesimalrechnung entwickelt haben. Vielmehr sind wir das Problem beide unterschiedlich – und unabhängig voneinander – angegangen. Während Sie physikalisch mit dem Momentangeschwindigkeitsproblem agierten, ging ich geometrisch über das Tangentenproblem an die Sache heran. Ich weise Sie darauf hin, dass ich meinen Anwalt Saul Goodman einschalten werde, sollten Sie weiterhin die Behauptung aufstellen, Sie allein hätten die Infinitesimalrechnung entwickelt!«

»Mir egal, ich bin rechtsschutzversichert. Nun wollen wir aber unseren Prüfling nicht länger mit unserem kleinen Zwist belasten. Do we?«

»Gut, Herr Newton, dann gilt für den weiteren Abend also ein Waffenstillstand.«

Bevor ich mich gleich von Ihnen verabschiede, habe ich noch einige ungewöhnliche Gleichungen für Sie. Können Sie aus den ersten drei Gleichungen eine Regel ableiten, mit deren Hilfe sich die vierte Gleichung lösen lässt?

☞ 4 = 12
☞ 8 = 56
☞ 3 = 6
☞ 2 = ?

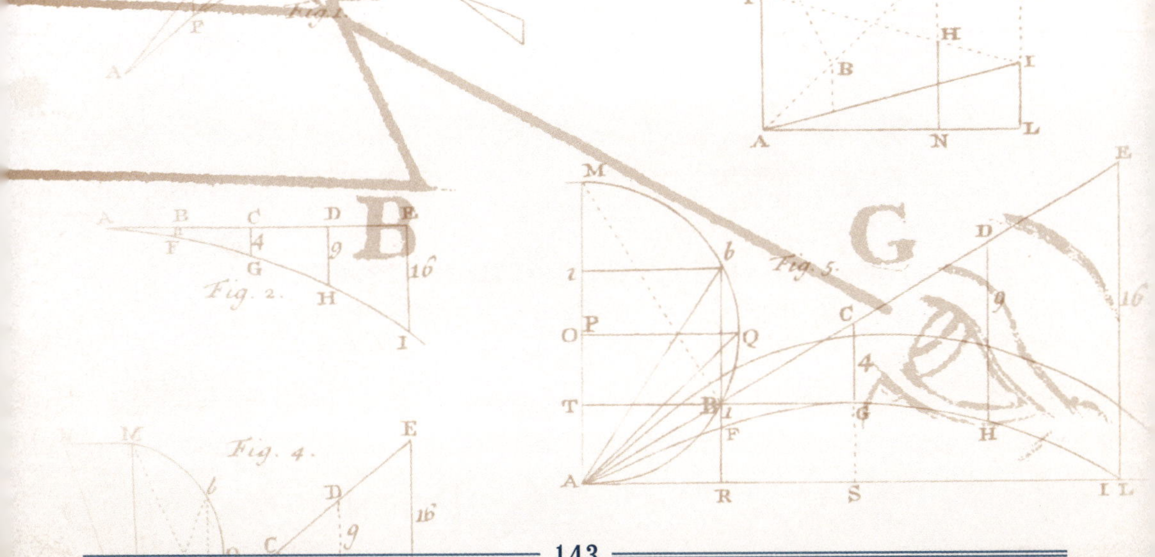

FEUER!

Feuer, es brennt! Alle raus!«
»Oh my God! Was ist das für ein Tumult? Was ruft Leonardo da Vinci da? Aha! Archimedes hat mit seinem Brennglas hantiert und einen Vorhang in Brand gesteckt. Lassen Sie uns alle nach draußen gehen und dort warten, bis meine Diener diesen kleinen Brand gelöscht haben!«

Gern möchte ich Ihnen eine physikalische Knobelaufgabe stellen, die ebenfalls mit dem Feuer zu tun hat. Nehmen Sie an, Sie stellen eine brennende Kerze ins Wasser und stülpen ein Glas darüber. Da das Feuer den Sauerstoff in dem Glas verbraucht, wird die Kerze schnell erlöschen.

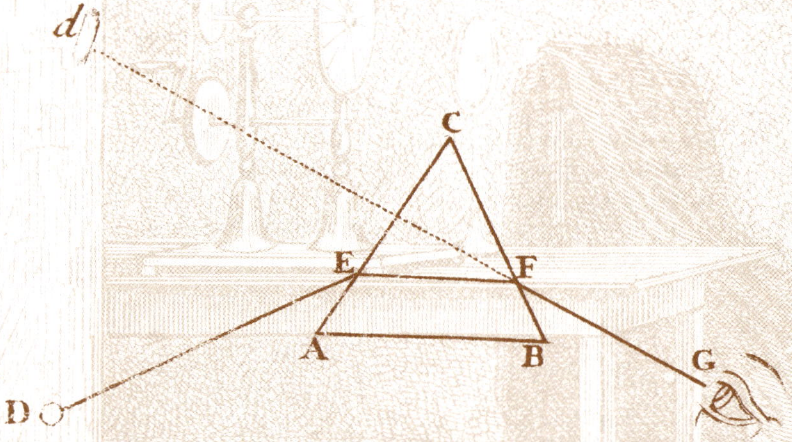

MEINE FRAGE AN SIE, WERTER PRÜFLING:
Warum steigt danach der Wasserspiegel im Glas?

BAUMBESTAND

Oh, guten Tag Mister Holmes und Mister Watson! Nein, nein, es war kein Brandanschlag, nur ein kleiner Unfall. Aber danke, dass Sie extra vorbeigeschaut haben. Meine Diener haben den Brand bereits gelöscht und nun wird das Haus gründlich gelüftet. Solange warten wir alle hier draußen.«

Gefällt Ihnen mein Grundstück? Wie Sie sehen, stehen darauf viele Bäume. In das folgende Raster wurden diese noch nicht eingezeichnet. Übernehmen Sie das bitte! In jeder Reihe und in jeder Spalte des Rasters steht genau ein Baum, der durch einen gefüllten Kreis symbolisiert werden soll. Außerdem befindet sich in jeder Reihe und in jeder Spalte genau ein Eichhörnchen, das Sie bitte durch einen leeren Kreis symbolisieren. Die Zahlen geben an, wie viele Eichhörnchen von diesem Feld aus in der zugehörigen Reihe und Spalte insgesamt zu sehen sind – aber nur, wenn sie nicht von einem Baum verdeckt werden.

	0		1				
0		2		1			
	1			1			2
					1	1	
2		2					
2	2	2					0
					2		

DER STALL

Oh, Mister Manby! Gut, dass wir auch Sie ein Mitglied unseres SCIENTIA nennen dürfen. Als Erfinder des Feuerlöschers haben Sie uns heute wirklich große Dienste erwiesen. Darf ich auch Ihnen unseren Prüfling vorstellen?«

»Hello! Ja, tatsächlich darf ich, George Manby, mich als Erfinder des ersten modernen Feuerlöschers bezeichnen. Seit ich ihn im Jahr 1813 erfunden habe, dürfte er schon viele größere Unglücke verhindert haben. Haben Sie noch viel Vergnügen an diesem so ereignisreichen Abend!«

»Thanks, Mister Manby! Nun ja, es ist heute Abend fast ein wenig unruhig, isn't it? Dennoch: Auch Ihnen viel Vergnügen, ein feuriges Vergnügen sozusagen!«

Ja, hier geht es gerade fast so zu wie in meinem Stall dort hinten, in dem ich Ziegen und Hühner halte. Man kann in dem Stall 15 Köpfe und 38 Beine zählen. Wie viele Ziegen und wie viele Hühner sind es also?

MINUSWERTE

Sehr schön! Mein Diener hat mir soeben berichtet, dass die Gäste nun wieder das Haus betreten können. Und diese strömen in Scharen zum kalten Büffet oder an die Bar. Es ist draußen auch ganz schön frisch geworden, isn't it? Zwar hat es noch keine Minusgrade, jedoch kommt mir eine Aufgabe mit Minuswerten in den Sinn. Berechnen Sie die dritte Gleichung und dann wieder hinein in den warmen Saal!

☞ $A + B = -12$
☞ $A - B = -24$
☞ $A \div B = ?$

VERWINKELT

Vielen Dank, dass Ihr mir auf dieser Versammlung großer Geister euer Gehör schenkt. Ihr sollt wissen: Wir stehen am Beginn eines Massenaussterbens …«

»Madonna, das wird wohl ein ziemlich deprimierender Vortrag! Als das Thema ›Klima‹ angekündigt wurde, dachte ich, es käme eine Art Wettervorhersage für die nächsten Wochen. Kann es sein, dass dieses Mädel auf dem Podium etwas geladen ist? Steht es denn wirklich so schlimm um das Klima auf unserem Planeten?«

»Wer weiß, Leonardo, wer weiß, näch. Viel interessanter finde ich, dass dieses Fräulein, das ja mit Christoph Kolumbus klimaneutral nach Amerika gesegelt ist, mit einem Solarflugzeug von dort hierher nach London kam. Ein Hoch auf die moderne Technik – ich werde auch meine Zeppeline mit Solarmodulen ausstatten, das ist doch ganz klar!«

Oh, ich sehe, dass es bereits 21:45 Uhr ist. Eine Frage an Sie, werter Prüfling: In welchem Winkel stehen nun der Stundenzeiger und der Minutenzeiger auf einem herkömmlichen Zifferblatt zueinander?

UNLÖSBAR! ODER DOCH NICHT?

Und damit ihr es wisst: Wir werden euch das nicht durchgehen lassen!«

»Himmel, Arsch und Zwirn, das Mädchen hat recht!«

»Deshalb brauchst du mich gar nicht so kritisch anzuschauen, Archimedes! Meine Zeppeline mit ihren schwachen Motoren sind wohl kaum für den Klimawandel verantwortlich zu machen. Sprich lieber mal ein Wörtchen mit Claude Dornier und den anderen Flugzeugbauern oder mit den Herren Daimler und Benz, die Fahrzeuge mit Verbrennungsmotoren produzieren.«

»Oh ja, Ferdinand, das werde ich heute noch tun. Aber erst mal will ich mehr Schnaps trinken. Die Bekämpfung des Klimawandels kommt mir wie eine scheinbar unlösbare Aufgabe vor.«

So unlösbar, wie ein Dreieck mit zwei geraden Linien zu zeichnen. Oder finden Sie, werter Prüfling, für diese Aufgabe eine Lösung?

FREITAG IM SINN

Heureka! Ich habe einen Verbesserungsvorschlag für die Klimaschutzbewegung. Statt nur freitags, könnte doch auch noch montags, dienstags, mittwochs, donnerstags, samstags und sonntags gestreikt werden. Das würde bei den oberen Zehntausend noch mehr Druck erzeugen. Also, ich würde da mitmachen!«

»Archie, Archie … Könntest du noch etwas mehr Schnaps trinken, bevor du solche merkwürdigen Ideen äußerst? Dann würden die anderen Gäste wenigsten denken, du wärst betrunken.«

»Toller Tipp, Leonardo! Mehr Schnaps ist immer gut.«

Aber nun habe ich so viel Freitag im Sinn, dass ich gar nichts mehr weiß: Was für ein Tag wäre gestern gewesen, wenn vier Tage vor übermorgen fünf Tage nach Donnerstag gewesen wäre?

FUSSGÄNGER-FRAGE

Sie kommen sich mit Ihren solar- und elektrobetriebenen Flugzeugen wohl sehr umweltfreundlich vor, meine Herren? Aber dazu kann ich, Claude Dornier einfach nur lachen! Bedenken Sie denn wirklich nicht, welche Ressourcen für die Produktion der Akkus und Solarmodule Ihrer Flugzeuge verbraucht wurden? Meiner Meinung nach machen Sie eine Milchmädchenrechnung auf.«

»Si, si! Wenn ich mich in diese Diskussion einmischen darf: Nur die von mir, Leonardo da Vinci, erdachten Fluggeräte waren wirklich umweltfreundlich, denn die funktionierten mit Handbetrieb. Leider wurden sie nie gebaut …«

»Heureka noch mal! Hier kommt mal ein kleiner Tipp von eurem Archimedes: Probiert's mal mit Zu-Fuß-Gehen – das ist am umweltfreundlichsten!«

Und hier habe ich eine knifflige Fußgänger-Frage für Sie: Frau Müller benötigt für eine Strecke von 1,5 Metern eine sechstel Sekunde. Sie geht doppelt so schnell wie Herr Krause. Wie lange benötigt Herr Krause für eine Strecke von 18 Metern?

SYMBOLREIHE

Werter Prüfling, nun wollen wir beide mal wieder ein wenig zu Fuß weitergehen, näch! Denn wir können ja schlecht in meinem Zeppelin durch diesen Saal schweben, in dem sich Hunderte großer Geister entweder angeregt oder aufgeregt miteinander unterhalten.

Sehen Sie zum Beispiel dort: Isaac Newton befindet sich wieder einmal in einem Streitgespräch. Wie unbeherrscht der vornehme Brite manchmal zetern kann! Die Männer, mit denen er streitet, schauen ganz eingeschüchtert: Gottfried Wilhelm Leibniz, Robert Hooke, Christiaan Huygens und John Flamsteed. In der Wissenschaft sind doch tatsächlich einige Figuren recht zart besaitet und können weder Kritik noch andere Meinungen vertragen. Nun, es sei wie es sei.

JETZT HABE ICH EINE SYMBOLISCHE FRAGE AN SIE:

Mit welchem Element wird die folgende Symbolreihe logisch fortgesetzt – mit dem Element A, B, C oder D?

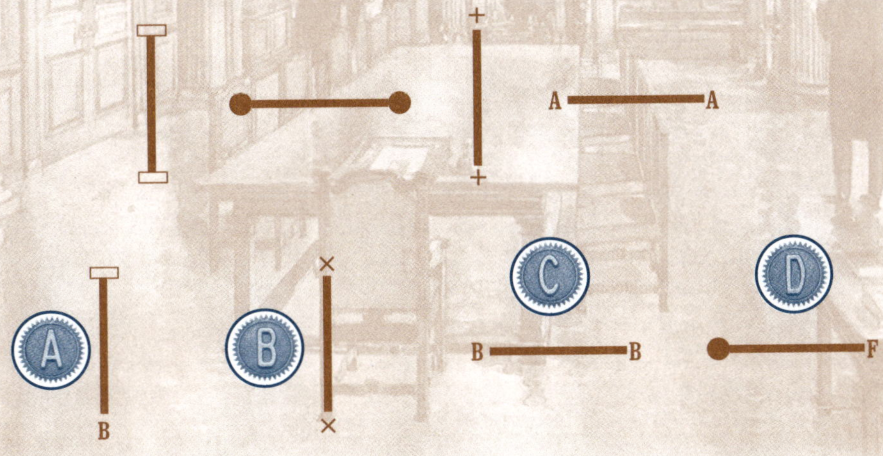

QUADRATE UND KREISE

Oh, dort an der Bar begegnen wir ja schon wieder Leonardo und Archimedes. Wollen wir doch mal hingehen und hören, worüber sich die beiden unterhalten!

»Nun, meine Freunde, welches Thema beschäftigt euch gerade?«

»Ach, Ferdinand, es ist ein garstiges Problem, das wir mit Logik nicht lösen können: Wie lässt sich der Sinn des Lebens entschlüsseln? Gar nicht heureka!«

»Si, Archie hat recht. Es ist sozusagen wie die Quadratur des Kreises … Oh, da kommt mir gerade eine Idee! Da muss ich schnell was zeichnen.«

»Dann werde ich unserem Prüfling ein Logikrätsel aufgeben, in dem sowohl Quadrate als auch Kreise vorkommen, näch.«

Füllen Sie das folgende Raster dergestalt mit Quadraten und Kreisen, dass jede Reihe und jede Spalte genau zwei Quadrate und drei Kreise enthält. Die Zahlen an den Rändern geben jeweils an, wie viele Kreise in der jeweiligen Reihe oder Spalte zwischen zwei Quadraten stehen. In jeder Reihe und Spalte bleibt jeweils ein Feld leer.

	0		1	0	2	2
3						
0						
3						
0						
2						
0						

DIE MUMIE

Ach, schauen Sie einmal dort, das ist sehr speziell: eine ägyptische Mumie, die sich mit Wissenschaftlern der Neuzeit austauscht. Es handelt sich hierbei um Imhotep, der im 3. Jahrtausend vor Christus wirkte. Unter anderem wird er als Erfinder der ägyptischen Schrift und als Begründer der ägyptischen Medizin angesehen. Außerdem soll er verschiedene Pyramiden erbaut haben. Na, was davon stimmt oder nicht, lässt sich heute nicht mehr genau überprüfen.

Ach, da fällt mir auch sofort eine weitere Knobelei für Sie ein: Wie lassen sich sechs Streichhölzer so anordnen, dass vier gleichseitige Dreiecke entstehen?

FERMI-PROBLEM

Und dieser Mann dort hinten, der sich mit gerade mit Otto Hahn unterhält, ist Enrico Fermi. Er zählt zu den bedeutendsten Kernphysikern des 20. Jahrhunderts und wurde 1938 mit dem Nobelpreis für Physik ausgezeichnet. Im Jahr 1942 schuf er den ersten Kernreaktor – also lange nach meiner Lebenszeit, denn ich, Graf Zeppelin, bin ja bereits 1917 verstorben.

Nach Enrico Fermi wurden übrigens auch die sogenannten Fermi-Probleme benannt, bei der die Lösungen von statistischen Problemen durch verschiedene Schlussfolgerungen abgeschätzt werden.

Ein bekanntes Fermi-Problem lautet: Wie viele Klavierstimmer arbeiten in der amerikanischen Stadt Chicago? Überlegen Sie doch einmal, wie sie sich der Lösung logisch annähern könnten.

KLEINER TIPP:
Wikipedia und ungefähre Schätzungen führen Sie hierbei zum Ziel!

DIESMAL KEINE ZAHL

Dieser Mann am Bratwurststand wird Sie vielleicht ebenfalls interessieren. Es handelt sich um den deutschen Staatsmann Konrad Adenauer, der von 1949 bis 1963 der erste Bundeskanzler Deutschlands war. Er war aber auch ein Erfinder. Unter anderem erfand er zur Zeit des Ersten Weltkriegs die Kölner Wurst, die aus Soja hergestellt wurde – sehr praktisch, als das Fleisch knapp war.

Und sobald ich einen deutschen Landsmann sehe, fällt mir auch gleich das nächste Logikrätsel für Sie ein, näch. Was gehört anstelle des Fragezeichens? Ein kleiner Tipp: Es ist keine Zahl. Denken Sie vielmehr an Technik!

1	3	5
2	4	?

FORTSETZUNG FOLGT

Sehen Sie den Herrn Leibniz, mit dem Sie ja bereits bekannt gemacht wurden. Er unterhält sich gerade mit dem Franzosen Blaise Pascal, der von 1623 bis 1662 lebte. Diesen beiden Genies ist nicht nur gemeinsam, dass sie bedeutende Philosophen und Mathematiker waren – sie haben auch beide zu ihrer Zeit mechanische Rechenmaschinen erfunden, also gewissermaßen Vorläufer der modernen Computer.

DAZU EINE MATHEMATISCHE FRAGE AN SIE:

Wie wird die folgende Zahlenreihe logisch fortgesetzt?

0000, 0001, 0010, 0011, ?

VON GEISTESBLITZEN UND GEFÄNGNISSEN

Gehen wir weiter, werter Prüfling! Lassen Sie uns doch einmal Thomas Alva Edison und Nikola Tesla lauschen, die gerade mit Benjamin Franklin plaudern.

»Guten Tag Thomas und Nikola, guten Tag, Herr Franklin! Worüber unterhalten Sie sich denn gerade?«

»Ich musste gerade einmal mehr klarstellen, dass ich, Benjamin Franklin, niemals ein Präsident der Vereinigten Staaten war. Keine Ahnung, warum das viele Menschen denken. Aber ja, ich war ein amerikanisches Universalgenie. Während meiner Lebenszeit von 1706 bis 1790 war ich unter anderem Staatsmann, Verleger, Schriftsteller und, ja, ebenfalls Erfinder.«

»Yes, du hast den Blitzableiter erfunden. Nicht wahr, Benjamin?«

»Das ist richtig, Thomas. Außerdem habe ich als Schriftsteller viele Geistesblitze aufgeschrieben.«

»Aber ein Geistesblitzableiter wurde bisher leider noch nicht erfunden …«

»Nur zu wahr, Nikola, näch. Nun, ich möchte unseren Prüfling jetzt noch ein wenig weiter durch den Saal führen. Bis später!«

Ach, werter Prüfling: Erinnern Sie sich noch, wie wir in Amerika Thomas Alva Edison aus dem Gefängnis befreien wollten. Es will mir vorkommen, als wäre es schon eine halbe Ewigkeit her. Zum Thema Gefängnis habe ich ein weiteres Logikrätsel für Sie.

Ein Gefängnis hat 80 Insassen. Jeden Monat wird höchstens die Hälfte der Insassen aus dem Gefängnis entlassen und genau ein neuer Gefangener wird in das Gefängnis eingeliefert. Wie lange dauert es, bis sich in diesem Gefängnis keine Insassen mehr befinden?

WER A SAGT ...

Stoßen wir nun an der Bar zu Leonardo und Archimedes – und mit diesen auch an, näch. Denn es nähert sich nun der Zeitpunkt, an dem über Ihre Mitgliedschaft im SCIENTIA entschieden wird. Ich, Graf Zeppelin, bin begeistert von Ihren geistigen Fähigkeiten, und ich weiß, dass es anderen Genies, die Sie auf die Probe gestellt haben, ebenso ergeht. Doch letztendlich wird der große Isaac Newton über Wohl und Wehe urteilen. Warten wir es bei einem Gläschen ab.

»Leonardo, Archimedes, was für ein Getränk wollt ihr unserem Prüfling empfehlen?«

»Heureka, endlich stoßen wir mal wieder zusammen an! Trinkt ein Gläschen Ouzo mit uns.«

»Salute, meine Lieben! Übrigens haben wir gerade darüber sinniert, wo sich wohl Claude Dornier und die Madame Curie aufhalten könnten. Wir haben die beiden jetzt schon länger nicht mehr gesehen. Gönnen die sich etwa ein kleines Schäferstündchen?«

»Leonardo, das geht uns nun aber wirklich nichts an, näch! Wir fragen ja auch nicht nach, was du auf unserer Reise so alles Verruchtes unternommen hast.«

»Wo er recht hat, da hat er recht, der junge Ferdinand. Als alter Grieche möchte ich, Archimedes, unserem Prüfling jetzt lieber ein kniffliges Rätsel aufgeben, statt über unsere beiden Turteltäubchen nachzudenken.«

SAGEN SIE MIR DOCH, WERTER PRÜFLING

Welcher Buchstabe gehört an die Stelle des Fragezeichens, wenn es kein A ist? Denken Sie bei der Lösung an Buchstaben, an mich oder auch an unseren Ouzo!

A, A, A, A, ?, A, A, A, A, A, A

Ελληνικό αλφάβητο

VOLLKOMMENE ZAHLEN

Ach, da kommen sie ja, der Überflieger Dornier und die strahlende Curie. Verdammt will ich sein, wenn da nichts gelaufen ist! Seht nur, was für zerzauste Haare die beiden haben!«

»So wie du, Archie! Aber jetzt, pssst, das geht uns gar nichts an! Nur noch wenige Schritte, dann sind die beiden bei uns.«

»Ein fröhliches Hallo in diesen illustren Kreis. Gerade habe ich mit Madame Curie einen kleinen Spaziergang unternommen und wir haben eine wunderbare Unterhaltung über radioaktive Technologien in der Fliegerei geführt.«

»Höchst interessant, näch!«

»Si, molto interessante!«

Mehr ist da wohl nicht herauszukriegen, werter Prüfling! Aber dafür möchte ich, Leonardo, Ihnen einmal wieder ein Rätsel aufgeben, dessen Lösung Sie sicherlich herauskriegen. Gern möchte ich von Ihnen erfahren, welches die nächsthöhere vollkommene Zahl nach der 6 ist? Eine vollkommene Zahl ist eine Zahl, die sich aus der Summe aller ihrer Teiler außer sich selbst ergibt. Bei der 6 ist das die Summe von 1 + 2 + 3. Wie also lautet die nächsthöhere vollkommene Zahl?

ZEHN GENIES

Ciao, ciao, ciao! Es kommen nach und nach alle Genies eingetrudelt, die Sie in letzter Zeit begleitet und einigen Prüfungen unterzogen haben. Ciao, Galileo! Ciao, Edi! Ciao, Nikola! Ciao, Werni! Und ein besonders Ciao an unseren lieben Isaac! Nun sind wir zehn Genies komplett versammelt.«

Das bringt mich zu einem Rätsel, bei dem aus zehn Kreisen ein Dreieck gebildet wird. Welche drei Kreise müssen umgelegt werden, damit die untere Spitze des Dreiecks nach oben weist?

VON INSEL ZU INSEL

Jetzt möchte ich Ihnen noch ein weiteres Rätsel aufgeben, um Ihre intellektuellen Fähigkeiten zu prüfen. Wie Sie ja schon von einem früheren Rätsel wissen, habe ich unter anderem auch Brücken konstruiert. Nun sollen Sie selbst Brücken zwischen mehreren Inseln erbauen.

Die Inseln sind mit Zahlen beschriftet. Diese Zahlen geben an, wie viele Brücken jeweils zu einer Insel führen. Die Brücken sind gerade Linien, die nur waagerecht oder senkrecht verlaufen dürfen. Die Brücken dürfen sich nicht kreuzen. Zwischen zwei Inseln dürfen höchstens zwei Brücken gebaut werden. Zeichnen Sie die Brücken ein!

RECHT RECHTWINKLIGES

Auch ich, Archimedes, möchte mich für die gute Zeit mit Ihnen bedanken, werter Prüfling. Natürlich standesgemäß mit einem sehr kniffligen Rätsel. Zeichnen Sie in das folgende Raster dunkle rechtwinklige Dreiecke in die Felder so ein, dass die freien hellen Bereiche unterschiedliche Quadrate und Rechtecke bilden, egal ob orthogonal oder diagonal! Die einzuzeichnenden dunklen Dreiecke nehmen jeweils genau die Hälfte eines Feldes ein. Die Felder mit den Zahlen geben jeweils an, wie viele dunkle Dreiecke an die Seiten des Feldes grenzen.

		1					2		
									2
	3								
			3		2				
	3				1				
			3			2			
2									
	2					1			

UNTER STROM

Wir, Thomas Alva Edison und Nikola Tesla, möchten uns ebenfalls mit einem Rätsel von Ihnen verabschieden. Bei diesem Rätsel sollen 15 verschiedene Geräte durch 15 unterschiedliche Generatoren mit Strom versorgt werden. Verbinden Sie dazu die Kreise mit den gleichen Zahlen. Natürlich gibt es dabei eine kleine Schwierigkeit: Die Stromleitungen sollen sich selbstverständlich nicht überschneiden!

					9	3	14		5
				14	3				12
		13	7					5	
		13		1	8	12	10		
		7						4	10
		9						6	15
15				8			6	4	
2		2			1				
11			11						

SCHWÄRZEN STATT SCHWÄTZEN

Ein herzliches Arrivederci kommt auch von mir, Galileo Galilei. Es ist mir immer wieder eine Freude, vernünftig denkenden Menschen zu begegnen. Hoffentlich auf bald einmal wieder!

Bei meinem Abschlussrätsel sollen Sie einige Felder im folgenden Raster schwärzen. Die Zahlen auf verschiedenen Schnittpunkten geben jeweils an, wie viele benachbarte Felder geschwärzt sind. Die am Ende noch frei bleibenden Felder sind alle horizontal oder vertikal miteinander verbunden.

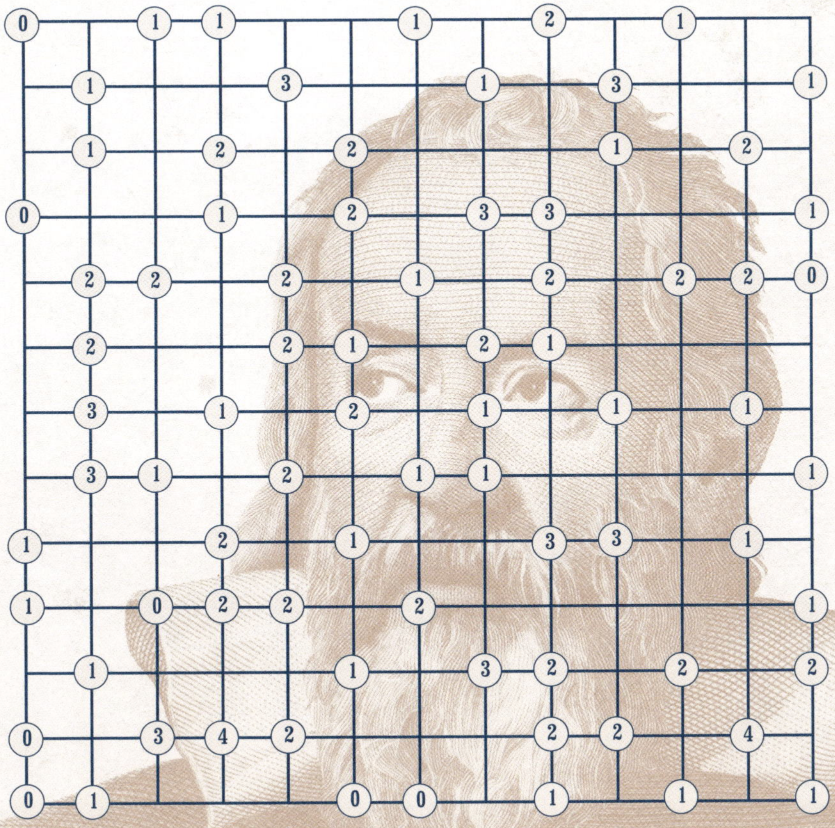

VIELE STEINE, DIE ICH MEINE

Auch ich, Marie Curie, sage Ihnen nun au revoir! Bei meinem Rätsel, das ich Ihnen zum Abschluss stellen möchte, sollen zahlreiche Steine gleichmäßig in mehreren Reihen verteilt werden. Keine Sorge, die Steine sind ausnahmsweise nicht radioaktiv!

Versuche ich, meine Steine in Dreierreihen gleichmäßig zu verteilen, so bleiben zwei Steine übrig. Bei Viererreihen geschieht das gleiche. Ordne ich die Steine in Fünferreihen an, passt es hingegen.

Wie viele Steine sind es mindestens?

WETTFLUG

Wir, Graf Zeppelin, Claude Dornier und Werner von Siemens, verabschieden uns von Ihnen, werter Prüfling, mit einem Rätsel um zwei Piloten, die in die gleiche Frau verliebt waren, näch. Die Frau forderte die beiden Piloten auf, einen Wettflug zu veranstalten. Jedoch derjenige sollte den Wettflug verlieren, dessen Flugzeug als Erstes das festgelegte Ziel erreichte.

Die Piloten zauderten, denn sie wussten natürlich, dass es gefährlich sein kann, zu langsam zu fliegen. Schließlich holten die beiden Piloten Rat bei ihrem früheren Ausbilder ein. Danach flogen sie ihr Rennen – jeder flog so schnell wie möglich zum festgelegten Ziel.

Welchen Rat hat der frühere Ausbilder den beiden Piloten erteilt?

ALLE ACHTUNG!

Jetzt ist es an mir, Isaac Newton, Ihre Leistungen zu beurteilen, werter Prüfling, und zu entscheiden, ob Sie der Mitgliedschaft im SCIENTIA würdig sind. Sie haben sich in meiner Villa gut aufgeführt und sind die Ihnen gestellten Rätsel mit viel Enthusiasmus und Esprit angegangen. Das sind gute und wertvolle Voraussetzungen, um in unseren Klub erlauchter Geister aufgenommen zu werden, aren't they?

Bevor ich mich für oder wider Ihre Aufnahme entscheide, möchte ich Ihnen aber noch ein weiteres Rätsel aufgeben.

IHRE LETZTE AUFGABE LAUTET:
Nur unter Verwendung der Ziffer 8 bilden Sie bitte eine Gleichung mit der Summe 1000!

A BIT ENGLISH

Ja, werter Prüfling, nun erkenne ich ganz genau, dass Sie der Aufnahme in den SCIENTIA würdig sind. Die Erkenntnis trifft mich wie damals der Apfel, der auf mich fiel, als ich unter einem Apfelbaum ruhte – dadurch wurde ich zum Entdecker der Schwerkraft. Ja, Sie haben nun zahlreiche Logikrätsel mit Bravour gemeistert und sich dadurch das Recht erarbeitet, in den Kreisen illustrer Geistesgrößen zu verkehren. Zwar haben Sie noch nicht wie wir Großes für die Menschheit geschaffen oder Nobelpreise erhalten, aber das kann ja noch kommen, wenn Sie Ihre geistigen Fähigkeiten auf hehre Ziele richten.

Nehmen Sie nun also Ihre siebte Insignie entgegen, die Sie zur Aufnahme in den SCIENTIA berechtigt. Hiermit überreiche ich Ihnen hochfeierlich und im Angesicht der größten Genies der Menschheitsgeschichte eine Gesamtausgabe meiner Schriften.

Nein, nein, danken Sie mir nicht. Ich habe zu danken. Es ist gut zu wissen, dass es auch in Ihrer Zeit noch Menschen gibt, die ihre intellektuellen Fähigkeiten einsetzen, die logisch denken können, die Problemstellungen angehen und passende Lösungen finden. Machen Sie weiter so!

Nun möchte ich noch in meiner Sprache, auf Englisch, etwas zum Ausdruck bringen, das sich in dieser Buchstabenfolge verbirgt. Es wird mir und sicherlich auch allen anderen Genies bald so ergehen.

A B C D E F G H I J K L M

N O P Q R S T V W X Y Z

Was bringe ich mit dieser Buchstabenfolge zum – englischen – Ausdruck?

BUCHSTABEN IM QUADRAT

Jetzt lasst uns, während wir noch alle im Saal meiner Villa vereint sind, gemeinsam unser neues Mitglied im SCIENTIA willkommen heißen. Das Feuerwerk hat ja bereits vor einigen Stunden Archimedes veranstaltet …«

»Hach, das freut mich sehr, näch! Ich wusste doch von Anfang an, dass unser Prüfling es schaffen wird.«

»Perfetto! Es ist so schön alles. Seht nur, Claude Dornier und Madame Curie küssen sich. Und ich möchte nun dir, Archimedes, meine Liebe gestehen.«

»Nichts da, bleib mir bloß vom Leib, Leonardo! Du findest sicher noch dein Deckelchen, aber wenn ich mir vorstelle, dass du und ich … – da muss ich aufs Töpfchen.«

»Nicht so viel reden jetzt, sondern schweigen und schwelgen, näch! Und danach ab in unsere Stuben, denn es ist schon spät!«

Noch eine allerletzte Frage an Sie, werter Prüfl… – ich meine natürlich, wertes Mitglied des SCIENTIA: Mit welchem Kasten wird die Reihe logisch fortgesetzt – A, B, C oder D?

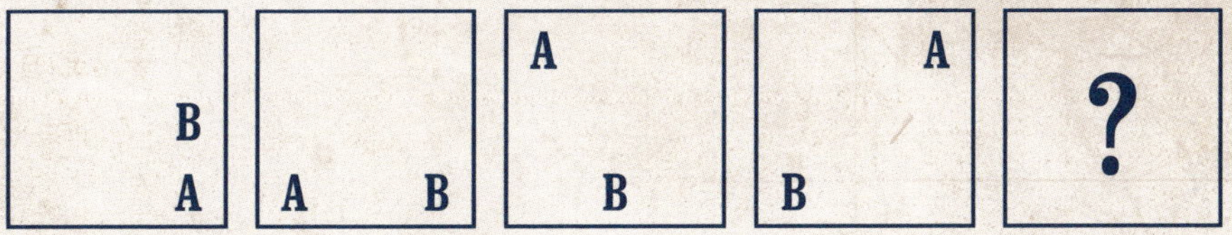

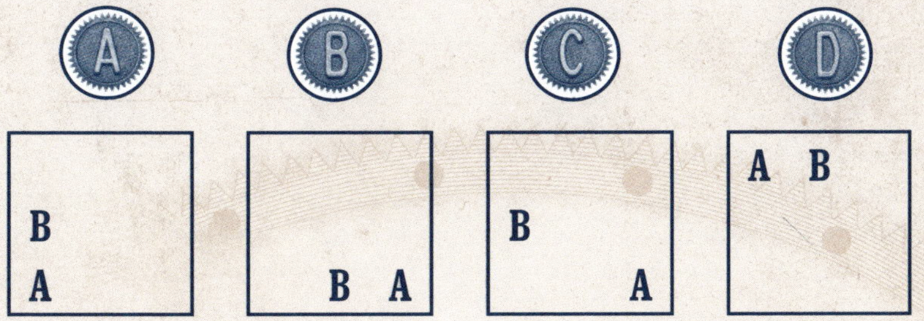

DIE LÖSUNGEN

Seite 5

LEONARDOS PANZER

Eine Verdopplung der durchschnittlichen Geschwindigkeit ist gar nicht möglich, da der Panzer die Zeit, die ihm bei der doppelten Geschwindigkeit zur Verfügung steht, bereits auf dem ersten Teil der Strecke verbraucht hat.

Seite 6

DIE MÖNCHE

In dem Kloster lebten 20 Mönche. Zu Beginn wissen die Mönche, dass mindestens ein Mönch erkrankt ist. Ist nur ein Mönch erkrankt, sieht er am ersten Tag, dass die anderen keinen schwarzen Fleck auf der Stirn haben und weiß dadurch, dass er der Erkrankte ist. Sind zwei Mönche erkrankt, ist der Gedankengang etwas komplizierter: Ein Mönch weiß dann erst am nächsten Tag, wenn ein Erkrankter erneut zum Mittagessen erscheint, dass auch er erkrankt sein muss. Bei drei und mehr erkrankten Mönchen wird eine ähnliche Überlegung angestellt,

Seite 7

DER KREISRUNDE GARTEN

Um den kreisrunden Garten in elf Teile zu unterteilen, werden mindestens vier gerade verlaufende Zäune benötigt, die jeweils von einem Rand des Kreises zum anderen reichen. Leonardo verlangte ja nicht, dass die Teile gleich groß wären.

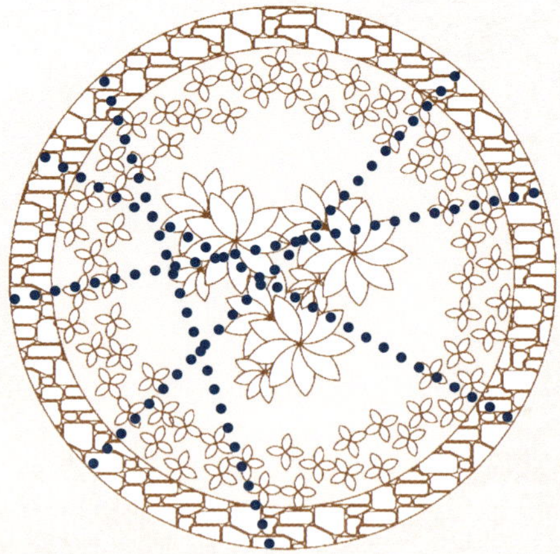

Seite 8

DIE NEUN BLUMEN

Um, wie Leonardo, zur Lösung des geometrischen Problems zu gelangen, müssen Sie buchstäblich etwas querdenken!

Seite 9

AUF DEN SPUREN VON LEONARDO

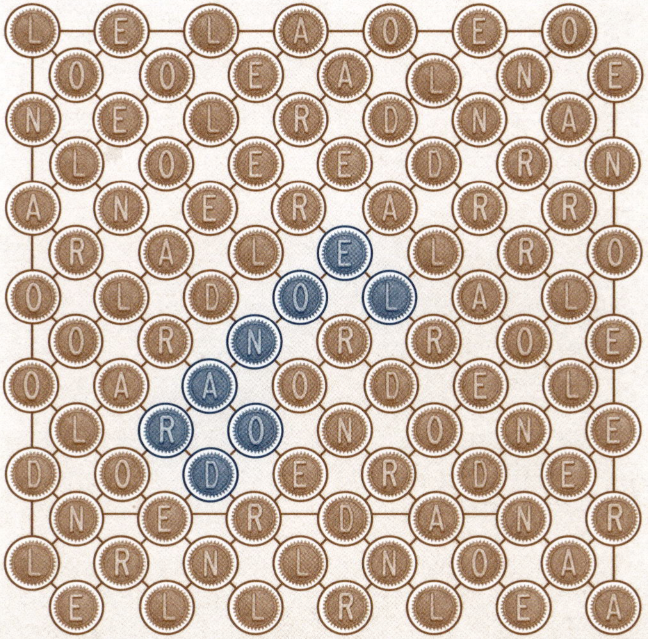

Seite 10

DAS MAGISCHE QUADRAT

16	3	2	13
5	10	11	8
9	6	7	12
4	15	14	1

Seite 11

DIE MELONENFRAGE

Als Leonardo die Melone kaufte, wog sie 6 Kilogramm. Der Wasseranteil betrug 99 Prozent, das heißt, der Anteil an fester Melonenmasse betrug 1 Prozent (0,06 Kilogramm).

Zwei Tage später war der Wasseranteil auf 98 Prozent gesunken, der Anteil an fester Melonenmasse verdoppelte sich auf 2 Prozent. Um das jetzige Gewicht zu erhalten, rechnet man 0,06 Kilogramm x 100/2 = 3 Kilogramm.
Die Melone war zwei Tage nach dem Kauf also nur noch halb so schwer.

Seite 12

DIE INSEL IM WEIHER

Leonardo konnte das 160 Meter lange Seil zwar nicht werfen. Aber da es länger war als der Umfang des kreisförmigen Weihers, konnte er damit einfach um den Weiher herumgehen. Dadurch konnte er das Seil um den Kirschbaum auf der Insel wickeln und auf dem Seil zur Insel balancieren.

Übrigens: Um den Umfang des kreisförmigen Weihers zu ermitteln, multiplizieren Sie den Durchmesser des Weihers (50 Meter) mit der Kreiszahl Pi (3,14159…), das ergibt rund 157 Meter. Ein anderer Leonardo – Leonardo von Pisa, genannt Fibonacci – bestimmte die Kreiszahl Pi im 13. Jahrhundert bis auf drei Nachkommastellen genau.

Seite 13

BEIDSEITIG VIELSEITIG

8	5	9	2	7	3	4	1	6
2	7	3	4	1	6	9	8	5
4	1	6	9	8	5	3	7	2
9	8	4	6	2	1	7	5	3
3	2	1	5	4	7	6	9	8
5	6	7	3	9	8	2	4	1
6	9	2	1	5	4	8	3	7
1	3	8	7	6	9	5	2	4
7	4	5	8	3	2	1	6	9

1	4	7	9	8	2	3	6	5
9	8	2	3	6	5	7	1	4
3	6	5	7	1	4	2	8	9
7	1	3	5	9	6	8	4	2
2	9	6	4	3	8	5	7	1
4	5	8	2	7	1	9	3	6
5	7	9	6	4	3	1	2	8
6	2	1	8	5	7	4	9	3
8	3	4	1	2	9	6	5	7

Seite 14

DIE LANDUNG DES ZEPPELINS

Name	Stadt	Beruf	Entfernung
Friedrich	Hamburg	Steuermann	100 Kilometer
Hugo	Köln	Maschinist	500 Kilometer
Karl	München	Ingenieur	1000 Kilometer

Seite 15

DER NAME DES GRAFEN

Der vollständige Name des Grafen Zeppelin lautet Ferdinand Adolf Heinrich August Graf von Zeppelin.

Seite 16

AUF DEN ZAHN GEFÜHLT

Seite 17

DIE GEHEIME PAROLE

Gibt der Wächter die Zahl 12 vor, so antworten Sie mit 6. Die Parole ist jeweils die Anzahl der Buchstaben des vom Wächter genannten englischen Zahlworts: one, seven, nineteen, twelve.

Seite 18

VIER WINDE

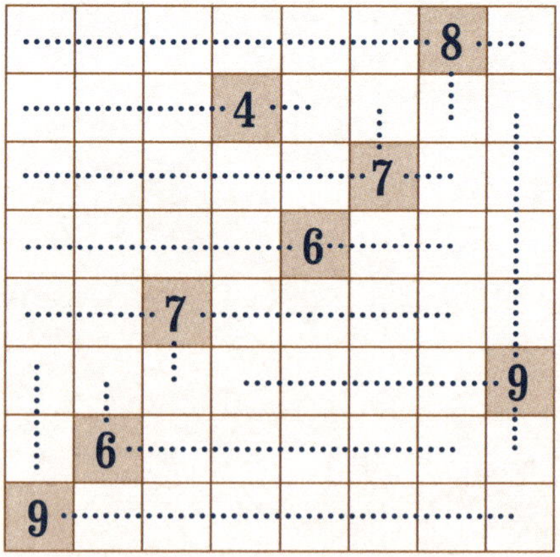

Seite 19

AUF EIN WORT

SCIENTIA steht für »**S**ophisticated **C**lub of **I**ntelligence, **E**xceptionality, **N**atural sciences, **T**echnology, **I**nventions and **A**lgebra«.

Seite 20

LEONARDOS FLUGGERÄT

Das Fluggerät holt das Schiff nach einer halben Stunde ein. Beide Fortbewegungsmittel haben zu diesem Zeitpunkt eine Strecke von 20 Kilometern zurückgelegt.

Seite 21 oben

BALLAST AN BORD

Zur Bildung jedes Kilogrammwerts bis 10 Kilogramm werden mindestens vier Ballastsäcke benötigt (1, 2, 2 und 5 Kilogramm). Zur Bildung jedes Kilogramms bis 50 werden zusätzlich vier Säcke à 10 Kilogramm benötigt. Schließlich werden drei Säcke à 50 Kilogramm gebraucht. Um jeden Kilogrammwert von 1 bis 200 bilden zu können, werden also insgesamt mindestens elf Ballastsäcke benötigt

Seite 21 unten

EINTRAG INS LOGBUCH

Heute ist Freitag. Wenn nur eine Person recht hat, kann dies nur Giuliana sein. Entsprechend kann heute nur derjenige Wochentag sein, der von den anderen Personen nicht genannt wird.

Seite 22

WOLKEN

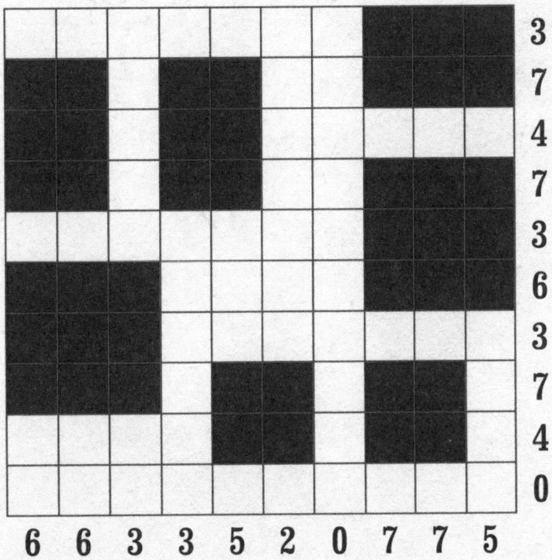

Seite 23

PRALINEN

Leonardo hat 5 Pralinen, Graf Zeppelin 7. Gibt der Graf Leonardo eine Praline, so haben beide 6. Gibt hingegen Leonardo dem Grafen eine Praline, so hat Leonardo nur noch 4, der Graf 8 Pralinen – doppelt so viele wie Leonardo.

Seite 24

DAS ALTER DES ARCHIMEDES

Archimedes ist 70 Jahre alt, sein Enkel ist 30. Vor zehn Jahren war der Enkel 20 und Archimedes 60 – damals war Archimedes dreimal so alt wie sein Enkel.

Seite 25

EIN FELD FÜR DIE LANDUNG

Um das Feld in vier gleich große Teile mit Teichanteil einzuteilen, ist einige Kreativität erforderlich.

Seite 26 oben

DIE BRÜCKE

Es werden mindestens 12 Minuten benötigt, um die Brücke sicher zu überqueren:

- ☞ Sie und Fritz gehen über die Brücke: 2 Minuten.
- ☞ Sie gehen zurück: 1 Minute.
- ☞ Leonardo und Graf Zeppelin gehen über die Brücke: 5 Minuten.
- ☞ Fritz geht zurück: 2 Minuten.
- ☞ Sie und Fritz gehen über die Brücke: 2 Minuten.

Seite 26 unten

ZWEI SANDUHREN

Die Sanduhren müssen zum Abmessen der 11 Minuten mehrmals umgedreht werden:

- Zu Beginn werden beide Sanduhren umgedreht.
- Nach 3 Minuten wird die 3-Minuten-Sanduhr umgedreht.
- Nach 6 Minuten wird die 3-Minuten-Sanduhr erneut umgedreht.
- Nach 7 Minuten wird die 7-Minuten-Sanduhr umgedreht.
- Nach 9 Minuten wird die 7-Minuten-Sanduhr erneut umgedreht. Sie läuft dann bis Minute 11.

Seite 27

DIE ZAHLENPYRAMIDE

533
316 217
189 127 90
109 80 47 43
59 50 30 17 26
30 29 21 9 8 18
15 15 14 7 2 6 12
9 6 9 5 2 0 6 6

Seite 28 oben

ZELTLAGER

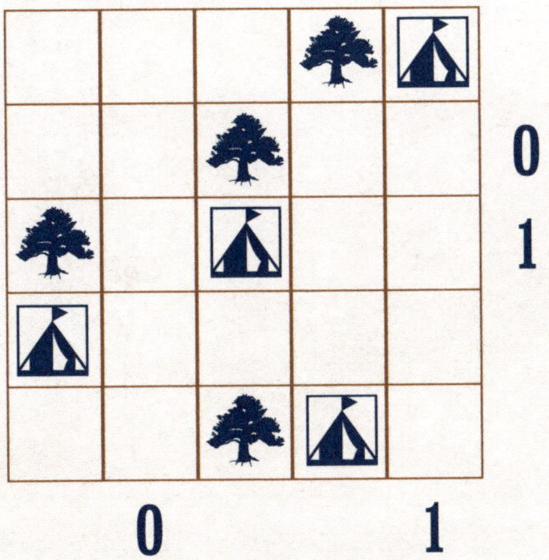

Seite 28 unten

WASSER MARSCH

Werden alle vier archimedischen Schrauben gleichzeitig verwendet, dauert es 5 Minuten, bis der Waschzuber voll ist. Die erste Schraube füllt den Waschzuber in dieser Zeit zur Hälfte, die zweite Schraube zu einem Viertel, die dritte Schraube zu einem Sechstel und die vierte Schraube zu einem Zwölftel.

Seite 29 oben

ALLES IM EIMER

Zum Abmessen von 4 Litern Wasser mithilfe eines 3-Liter- und eines 5-Liter-Eimers sind mehrere Schritte notwendig:

- ☞ Füllen Sie den 5-Liter-Eimer mit Wasser.
- ☞ Gießen Sie 3 Liter davon in den 3-Liter-Eimer, sodass sich im 5-Liter-Eimer noch 2 Liter Wasser befinden.
- ☞ Leeren Sie den 3-Liter-Eimer und gießen Sie die 2 Liter aus dem 5-Liter-Eimer hinein.
- ☞ Füllen Sie den 5-Liter-Eimer erneut.
- ☞ Mit dem 5-Liter-Eimer füllen Sie nun den 3-Liter-Eimer. Dazu ist 1 Liter notwendig. Im 5-Liter-Eimer befinden sich nun die gewünschten 4 Liter.

Seite 29 unten

RÖMISCHE ZAHLEN

Von der linken römischen Zahl wird ein Streichholz weggenommen, sodass aus der 6 eine 5 wird. Das weggenommene Streichholz wird verwendet, um das Minus in ein Plus zu verwandeln.

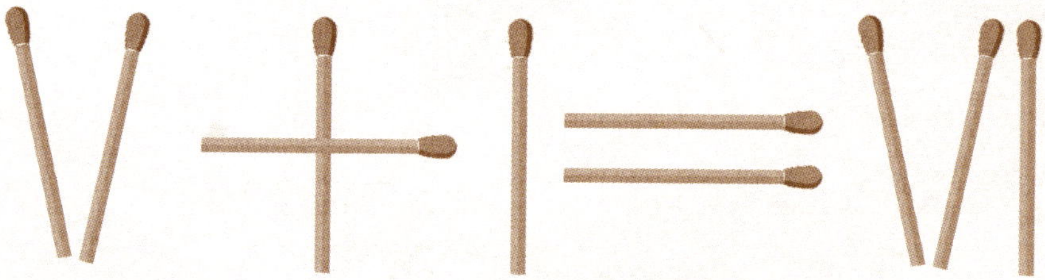

Seite 30

HEBELWIRKUNG

Sie lösen die Gleichung nach l2 auf:

$$l2 = \frac{F1 \times l1}{F2} = \frac{10}{5} = 2$$

Der zweite Kraftarm ist 2 Meter lang.

Seite 31

ETWAS AUS DER REIHE

Die Reihe wird mit der römischen Zahl XVII fortgesetzt, das ist römisch für die 17: II + 1 = III, III + 2 = V, V + 3 = VIII, VIII + 4 = XII, XII + 5 = XVII.

Seite 32

WAS FÜR EIN OCHSE!

Wir müssen doch sehr bitten! Ochsen geben gar keine Milch.

Seite 33

DAS TOR ZUR FREIHEIT

Die Frage an einen der beiden Wächter lautet: »Auf welches Tor würde der andere Wächter zeigen, wenn ich ihn fragen würde, welches Tor in die Freiheit führt?« Egal, auf welches Tor gezeigt wird – Sie entscheiden sich für das andere Tor!

Seite 34

RÖMER UND GRIECHEN

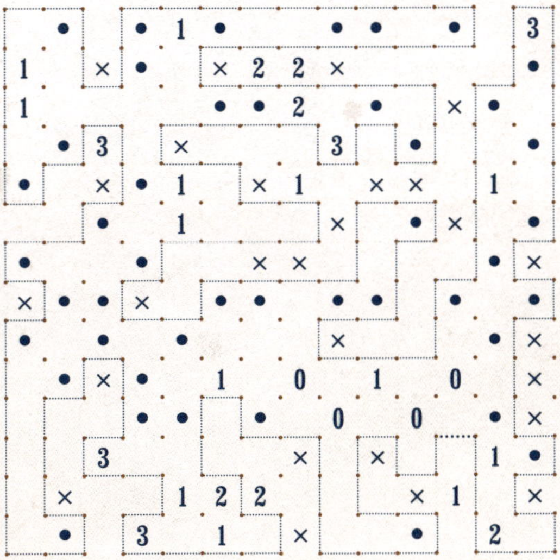

Seite 35

VORSICHT, FALLE!

💣	1	2	💣	3	💣	💣	2	💣	💣		💣	2	💣	1
1			💣	3				3		4			3	
		2			1		2		💣	2	💣	💣	💣	1
💣	4	💣	3	💣		4	💣	💣	2		4	💣	5	
💣	💣	6	💣	4	💣	💣	💣	5			2	💣	💣	2
💣	💣	💣	💣		3		4	💣	💣	1			4	💣
3				3	💣		💣	3				3	💣	4
💣	1		💣				1		2		2	💣	💣	💣
	3	4	💣	4	💣				💣	💣	2		5	💣
1	💣	💣	3	4	💣			💣	4		3	2		💣
		3	💣	3		💣	2	2	💣		💣	💣	5	💣
2	3		3	💣	2				1	2		💣	💣	2
💣	💣	💣		2		2	💣	2			3	💣	4	
💣	5	4	2		💣			5	💣	4	💣	2	2	💣
2	💣		💣		1	2	💣	💣	💣	💣				

Seite 36

ÜBERRUNDET

Der Minutenzeiger überrundet den Stundenzeiger von 12 Uhr mittags bis Mitternacht zehn Mal.

Seite 37

ANTRIEBSPROBLEM

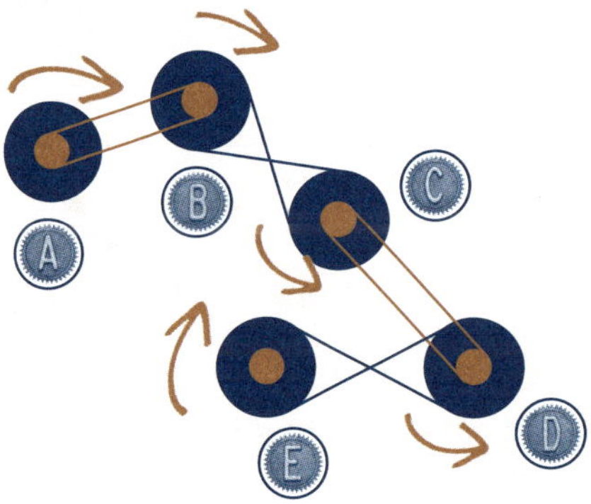

Seite 38 oben

FLUGRÄTSEL

Der Herr, der öfter geflogen ist, stammt aus Syrakus. Er ist die Strecke schon sechs Mal vollständig hin und zurück geflogen. Der Flug, auf dem er sich gerade befindet, ist ja noch nicht vollendet, deshalb muss der Herr aus Syrakus eine gerade Anzahl an Flügen absolviert haben.

Seite 38 unten

SALUTE

Wenn von vier Personen jeder mit jedem anstößt, wird insgesamt sechs Mal angestoßen.

Seite 39

EISIGE TEMPERATUREN

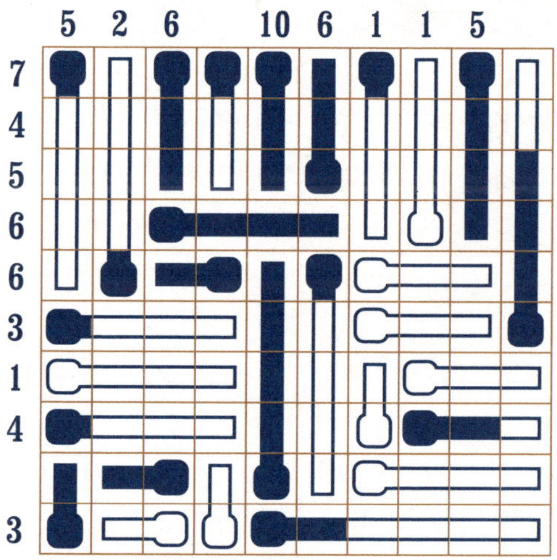

Seite 40

STÜRMISCHE ZEITEN

Die Anzeige in den mittleren Instrumenten wird jeweils durch das Übereinanderlegen des darüber und darunter befindlichen Instruments gebildet.

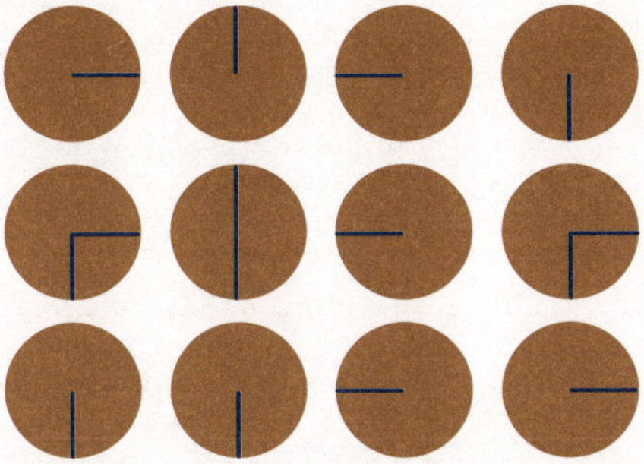

Seite 41

DAS BERÜHREN DER FIGÜREN …

●	■	●	■	■	▲	■	▲	▲	●	▲	●
■	▲	▲	●	▲	●	●	■	●	■	■	▲
●	■	●	■	■	▲	■	▲	▲	●	▲	●
■	▲	▲	●	▲	●	●	■	●	■	■	▲
●	■	●	■	■	▲	■	▲	▲	●	▲	●
■	▲	▲	●	▲	●	●	■	●	■	■	▲
●	■	●	■	■	▲	■	▲	▲	●	▲	●
■	▲	▲	●	▲	●	●	■	●	■	■	▲
●	■	●	■	■	▲	■	▲	▲	●	▲	●
■	▲	▲	●	▲	●	●	■	●	■	■	▲
●	■	●	■	■	▲	■	▲	▲	●	▲	●
■	▲	▲	●	▲	●	●	■	●	■	■	▲

Seite 42

HUNDERT IM QUADRAT

83	8	7	2
4	83	5	8
6	2	14	78
7	7	74	12

Seite 43

LÜGEN WIE GEDRUCKT

Peter ist der Lügner. Im Jahr 1928 gab es noch gar keinen Zweiten Weltkrieg, deshalb wurde der Erste Weltkrieg logischerweise nicht als solcher bezeichnet.

Seite 44

NEUN ERFINDER

Arkwright (1732–1792), Armstrong (1810–1900), Cockerell (1910–1999), Harington (1561–1612), Macintosh (1766–1843), Maskelyne (1839–1917), Pantridge (1916–2004), Wilkinson (1728–1808), Wimshurst (1832–1903)

T	I	R	M	S	H	E	A	M
H	G	W	I	T	U	N	S	K
A	R	K	W	S	R	Y	L	E
P	A	E	W	I	N	H	A	C
T	N	G	K	L	O	S	M	I
R	I	D	I	N	S	O	T	N
A	S	T	E	R	L	N	I	R
R	M	R	K	E	L	G	H	A
G	N	O	C	O	C	T	O	N

Seite 45 oben

NEUN ERFINDER

Streichen Sie einfach jeden zweiten Buchstaben, so erhalten Sie das Sprichwort: NICHT FÜR DIE SCHULE SONDERN FÜR DAS LEBEN LERNEN WIR

Seite 45 unten

DER GRÖSSE NACH

Der gesuchte Erfinder ist Otto von Guericke, der von 1602–1686 lebte und unter anderem eine Vakuumluftpumpe erfunden hat.

Seite 46 oben

DIE DRUCKERPRESSE

Die Lösung dieses Rätsels ist buchstäblich naheliegend: Johannes Gutenberg.

Seite 46 unten

EIN BUCHSTABE ZU VIEL

Das K weist als einziger Buchstabe in dieser Reihe keine Rundung auf.

Seite 47

DIE FEHLENDE SEITE

Die Seiten 79 und 80 befinden sich in einem herkömmlichen Buch auf demselben Blatt. Hätte jemand die besagte Seite herausgerissen, so hätte der Mitarbeiter auch die Seite 79 nicht neu setzen können.

Seite 48

MAHLZEIT IN MAINZ

Da Graf Zeppelin sich bei der Wahl der Mahlzeit nach Leonardo richtet und dieser sich wiederum nach Johannes Gutenberg, gibt es den Mainzer Handkäs mit Brot und Rotwein.

Seite 49

SMS AN ARCHIMEDES

Leonardos SMS an Archimedes lautet: »In vino veritas«.

Seite 50

9 × 9

Der gesuchte Physiker ist Niels Bohr. Und so werden die Felder ausgefüllt:

N	O	L	R	B	H	E	S	I
B	I	E	S	O	N	R	H	L
H	R	S	E	L	I	B	O	N
O	E	H	B	S	L	N	I	R
R	L	N	I	H	E	O	B	S
I	S	B	O	N	R	H	L	E
E	H	R	L	I	O	S	N	B
L	B	O	N	R	S	I	E	H
S	N	I	H	E	B	L	R	O

Seite 51 oben

ARCHIMEDES' BOTSCHAFT

Archimedes hat die Buchstaben seiner Botschaft jeweils um eine Stelle nach rechts verschoben, wobei sich rechts vom Z wieder das A befindet. Verschiebt man die Buchstaben wieder nach links, so erhält man die Botschaft: »Sitze in der Hafenbar und fuehle mich ganz sonderbar.«

Seite 51 unten

SECHS STRASSEN

Die nächste Straße trägt die Nummer 122. Es wird jeweils mit 3 multipliziert und dann 1 abgezogen.

Seite 52 oben

IN DER HAFENBAR

An dem Tisch sitzen zehn Personen. Da neben jeder Person, die stets lügt, eine Person sitzt, die stets die Wahrheit sagt, muss es sich um eine gerade Anzahl von Personen handeln. Der Mann entpuppt sich als Lügner, die Frau hingegen sagt die Wahrheit.

Seite 52 unten

KARTENLOGIK

Um die Regel zu beweisen, drehen Sie die Karten A und 5 um. Die Karte mit der 2 umzudrehen, bringt keinerlei zusätzliche Information, denn auch ein Konsonant wäre kein Widerspruch zur Behauptung, da Archimedes dazu gar nichts gesagt hatte. Dagegen ist es zwingend erforderlich, die Karte mit der 5 umzudrehen. Würde nämlich auf der anderen Seite ein Vokal stehen, wäre die Behauptung ebenfalls falsch gewesen.

Seite 53

BITTE MIT ZAHLEN!

13	1	**6**	5	**1**	13	7	**9**	9	6	14	**1**	16	3	**7**	11
12	10	1	16	7	**1**	15	5	**2**	4	3	13	2	**8**	14	8
6	14	10	**8**	15	8	**7**	16	4	13	**8**	11	7	6	3	12
16	**10**	14	7	1	**6**	10	2	**14**	11	6	8	**10**	4	9	**2**
2	9	**11**	15	10	5	**16**	7	11	**4**	4	12	1	13	**12**	16
14	6	9	**6**	14	16	3	15	**2**	12	13	**15**	10	**12**	4	2
15	4	6	10	**15**	2	**15**	1	12	**11**	11	16	**4**	8	**16**	7
6	13	**9**	14	9	**14**	6	10	**9**	16	8	2	3	12	11	15
10	11	13	**16**	6	15	**10**	14	16	**11**	12	**1**	9	5	**16**	1
14	**7**	11	9	**14**	1	13	**5**	2	7	5	15	6	**10**	12	10
2	12	**6**	6	13	**9**	11	9	**14**	15	**1**	1	4	2	**4**	14
9	5	12	**10**	11	14	**5**	6	15	**16**	2	10	**6**	7	16	**10**
6	16	**9**	13	8	**15**	12	4	**9**	10	7	**12**	11	15	2	9
14	2	16	**5**	12	9	5	**2**	10	14	**8**	3	8	**7**	7	**16**
13	7	2	8	**13**	6	16	11	14	**16**	1	9	**16**	10	15	4
11	**4**	7	12	16	4	**12**	8	**4**	9	10	**13**	5	14	**9**	13

Seite 54

BUCHSTABEN-RÄTSEL

	F		C	E		G	B	F	G	
D		D	C	E	A	G	B	F		F
F	F		A		E	D	C	B	G	
E	E	B	G	F		C		A	D	D
	D	G	E	A		F		C	B	B
B	B		D		C	E	F	G	A	
	C	F		D	B	A	G		E	E
		A		C	G	B	D	E	F	F
A	A	C	B	G	F		E	D		D
G	G	E	F	B	D		A		C	
	G	E		B	D	B	A	D	C	

Seite 55

SPIEGLEIN, SPIEGLEIN AN DER WAND

Konnten Sie Leonardos Spiegelfrage lösen? Es scheint nur so, dass in einem Spiegel, der an der Wand hängt, links und rechts vertauscht werden. Tatsächlich werden aber vorn und hinten vertauscht – Sie sehen Ihr Spiegelbild also so, als würden Sie sich von der anderen Seite betrachten.

Seite 56 oben

WIEDER GESPIEGELT

Bei dieser Frage sollte Ihnen schnell ein Licht aufgehen: Da sich in dem fensterlosen Raum nichts befindet außer Sie selbst – also auch kein Licht – sehen Sie sich in den Spiegeln überhaupt nicht.

Seite 56 Mitte

NUR GERADE ZAHLEN

Da müssen Sie in der Zeit weit zurückgehen. Vor dem Jahr 2000 gab es ein nur aus geraden Zahlen oder der Null bestehendes Datum zuletzt am 28.8.888.

Seite 56 unten

AUF ABSTAND

Der Abstand des Seiles würde tatsächlich rund 16 Zentimeter betragen. Lösung c) ist richtig. Bei der Berechnung kommt die Kreiszahl Pi (3,14159…) ins Spiel: Der Radius ergibt sich aus dem Umfang geteilt durch zweimal die Zahl Pi. Berechnen Sie den Radius sowohl für die Erde als auch für das Seil. Ziehen Sie schließlich den Radius des Seiles vom Radius der Erde ab – die Differenz sind die genannten 16 Zentimeter.

Seite 57/58

SCHIFFE VERSENKEN

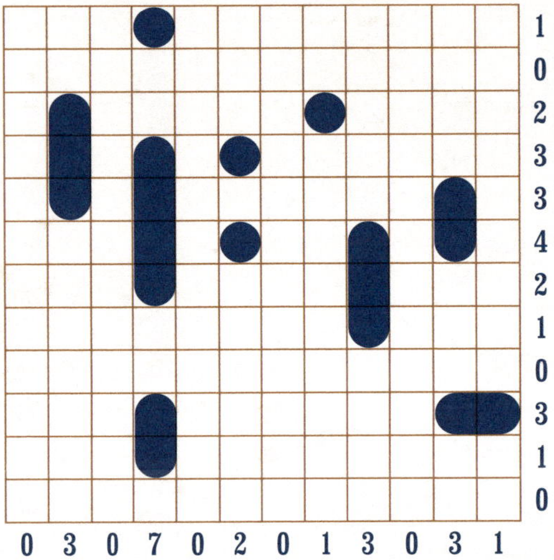

Seite 60

STERNEN-LOGIK

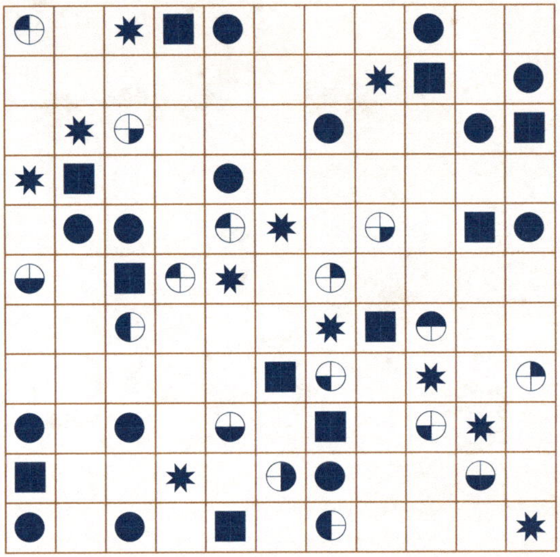

Seite 59

WAS WIEGT DER ZEPPELIN?

Wenn der Zeppelin 6 Tonnen plus die Hälfte seines Gewichts wiegt, so besteht dessen Gewicht aus zwei Hälften zu je 6 Tonnen. Der Zeppelin wiegt also insgesamt 12 Tonnen.

Seite 61

DREI GLÜHLAMPEN

Um dieses Rätsel lösen zu können, müssen Sie sich zunächst bewusst machen, dass Glühlampen sich erhitzen, wenn sie eingeschaltet werden. Sie schalten also eine der Glühlampen ein und warten einige Minuten. Schalten Sie diese Glühlampe dann aus und schalten Sie die zweite Glühlampe ein. Steigen Sie anschließend ins Erdgeschoss hinauf: Die erhitzte Glühlampe gehört zum zuerst betätigten Schalter, die leuchtende Glühlampe zum zweiten Schalter und die kalte Glühlampe zum nicht betätigten Schalter.

Seite 62

SCHNELLSTART-CODE

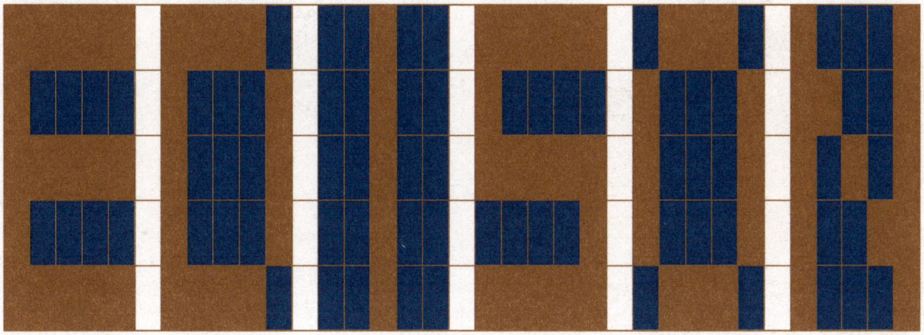

Seite 63

IM GEFÄNGNIS

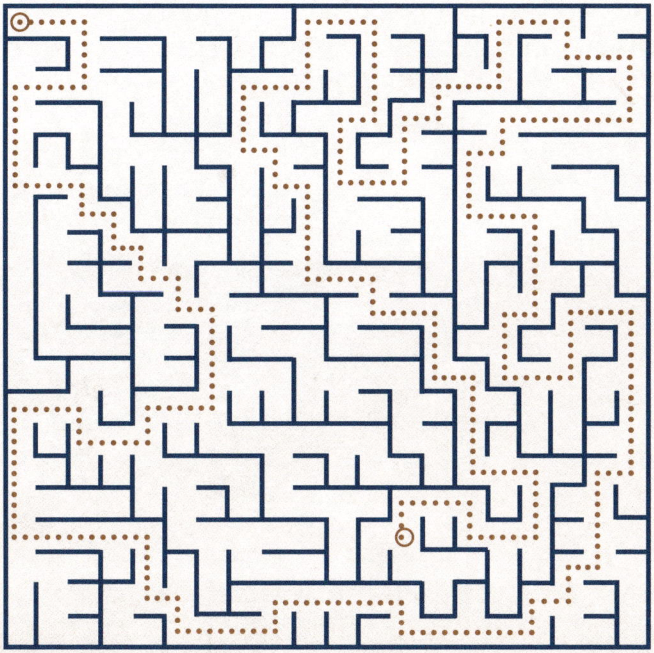

Seite 64 oben

VIER QUADRATE

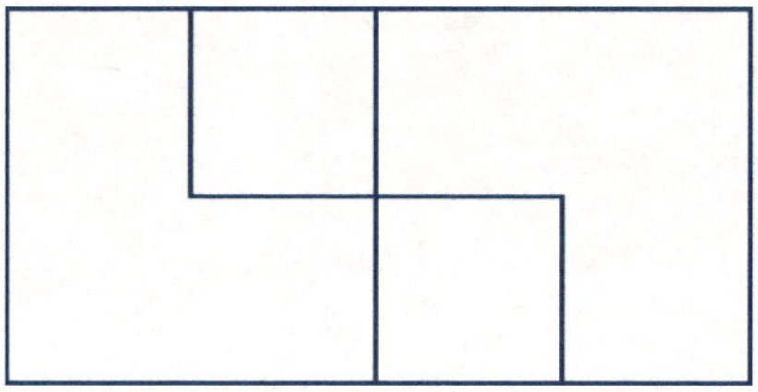

Seite 64 unten/65

MONEY, MONEY, MONEY

Dieses Rätsel lösen Sie, indem Sie sich klarmachen, dass wenn zwei vierstellige Zahlen als Summe eine fünfstellige Zahl haben, diese fünfstellige Zahl mit einer 1 beginnt. Grübeln Sie auf ähnliche Weise weiter, um zu diesem Ergebnis zu gelangen: 9567 + 1085 = 10 652.

Seite 66 oben

WELCHE ZAHL FEHLT?

Es fehlt die Zahl 45: Bei den Zahlen 16, 33, 45, 78 handelt es sich um die Umdrehungsgeschwindigkeiten von Plattenspielern.

Seite 66 unten

STROMAUSFALL

Edison hat die beiden Wecker am Vortag um 16:15 Uhr gleich eingestellt. 15 Stunden später, am Morgen des Stromausfalls bleiben beide Wecker um 7:15 Uhr stehen, während der vorgehende Wecker 7:30 Uhr und der nachgehende Wecker 7:00 Uhr anzeigt.

Seite 67

MEISTER LAMPE

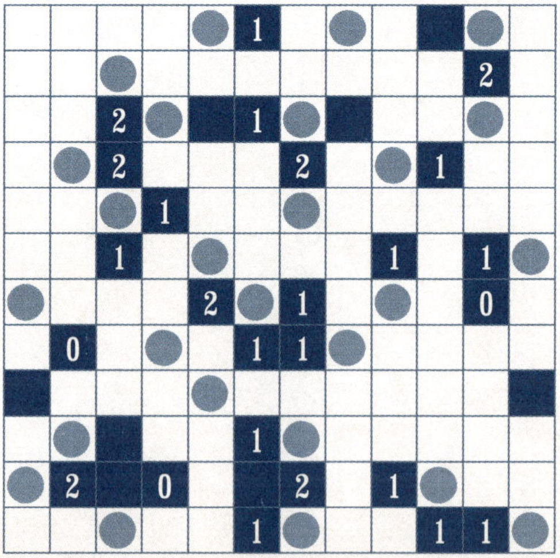

Seite 68

WO LICHT IST …

Seite 71

DIE DREI DAMEN VOM GRILL

Da Frau Grün weder das weiße Kleid (das trägt die Frau mit dem weißen Kleid, die zuvor sprach) noch das grüne Kleid (das ihrem Namen entspricht) tragen kann, bleibt für sie nur noch das schwarze Kleid übrig. Frau Weiß trägt entsprechend das grüne Kleid und Frau Schwarz das weiße Kleid.

Seite 69

DER PARKPLATZ

86		88	89	90

Seite 70

BUCHSTABEN ZÄHLEN

Der Buchstabe F kommt in dem Satz sechs Mal vor. Wenn Sie alle »F« beim ersten Durchgang zählen konnten: Glückwunsch, das gelingt nur wenigen Personen!

Seite 72

ZEHNERGITTER

4	1	7	6	3	5	8	9	2	0
5	3	8	0	4	6	2	7	1	9
1	4	2	7	9	0	3	5	8	6
7	6	9	1	3	4	8	2	0	5
17	14	26	14	19	15	21	23	11	20

Seite 73

MUSTERHAFTE VERSTÄRKUNG

Des Logikrätsels Lösung: In der ersten Abbildung schlägt der Kreis einen Strich nach links aus, in der zweiten Abbildung zwei Striche nach rechts, in der dritten Abbildung drei Striche nach links, in der vierten Abbildung vier Striche nach rechts, in der fünften Abbildung fünf Striche nach links und in der sechsten Abbildung schließlich sechs Striche nach rechts, sodass sich der kleine Kreis dann nach einer kompletten Umdrehung an der gleichen Stelle befindet wie schon in der fünften Abbildung.

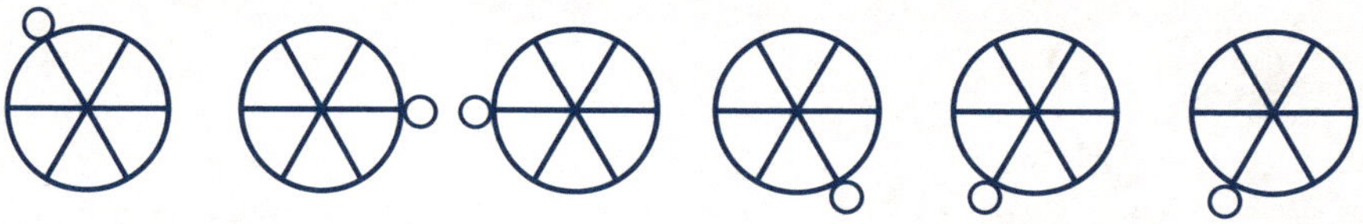

Seite 74

LANGE LEITUNGEN

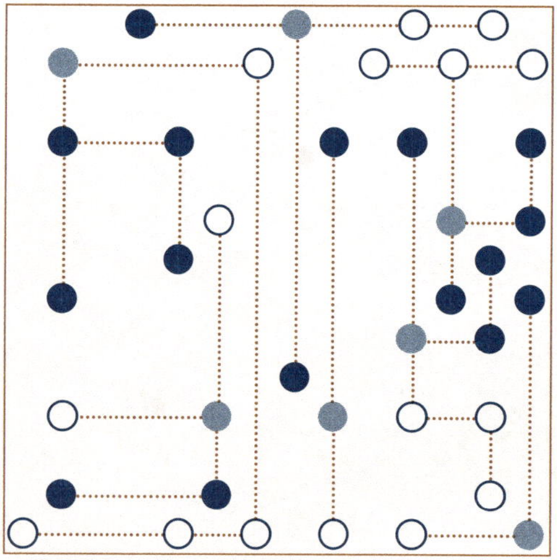

Seite 75

PFEILSCHARF ERKANNT

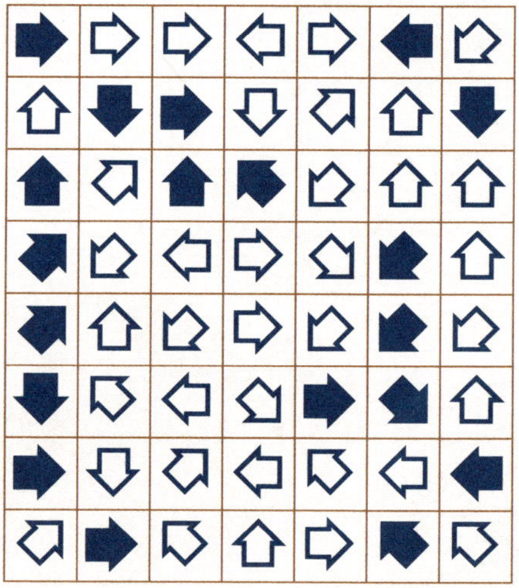

IN DER STRASSENBAHN

Nun möchte ich mich Ihnen aber einmal richtig vorstellen. Ich, Werner von Siemens, lebte von 1816 bis 1892. Ich gelte als einer der Begründer der modernen Elektrotechnik und habe das dynamoelektrische Prinzip entdeckt. Unter anderem gehen der elektrische Dynamo, elektrische Lokomotiven und Straßenbahnen sowie der elektrische Zeigertelegraf auf meinen tüchtigen Erfindergeist zurück. Aber ich war nicht nur ein bedeutender Erfinder, sondern auch Industrieller. Mein Unternehmen besteht noch heute und ist auf der ganzen Welt erfolgreich tätig.

Wo ich gerade die von meinem Unternehmen hergestellten elektrischen Straßenbahnen erwähnte: Stellen Sie sich vor, dass einige Personen vom Hauptbahnhof aus eine Straßenbahnfahrt unternehmen. An der ersten Station nach dem Hauptbahnhof steigen 15 Personen aus und 14 Personen steigen zu. Nun sind 51 Fahrgäste in der Straßenbahn.

Wie viele Personen befinden sich nun in der Straßenbahn, die ab dem Hauptbahnhof gefahren sind?

FAHRRAD UND S-BAHN

Eine weitere knifflige Frage habe ich an Sie, werter Prüfling. Stellen Sie sich einen Fahrradfahrer vor, der an einer Bahnlinie entlangradelt. Jede Viertelstunde wird er von einer S-Bahn überholt, die in seine Richtung fährt und alle 10 Minuten kommt ihm eine S-Bahn entgegen.

In welchem Takt verkehrt die S-Bahn?

Seite 76

SCHACHBRETT ZUM QUADRAT

Auf einem Schachbrett befinden sich

- 64 Quadrate mit je einem Feld,
- 49 Quadrate mit je vier Feldern,
- 36 Quadrate mit je neun Feldern,
- 25 Quadrate mit je 16 Feldern,
- 16 Quadrate mit je 25 Feldern,
- neun Quadrate mit je 36 Feldern,
- vier Quadrate mit je 49 Feldern sowie
- ein Quadrat mit 64 Feldern.

Insgesamt sind es 204 unterschiedliche Quadrate.

Seite 77

GROSSE ZAHLEN

Dachten Sie vielleicht, es wäre die Zahl 999? Weit gefehlt! Die größte Zahl, die sich mit drei Ziffern darstellen lässt, ist 9^{9^9} (9 hoch 9 hoch 9) – ausgeschrieben ist das eine Zahl mit mehreren Hundert Stellen.

Seite 78 oben

DER ALTE SÄUFER

Es war schon am Morgen, nach Sonnenaufgang, als der Säufer nach Hause torkelte, also hell genug, um das Geldstück aus 20 Metern Entfernung zu sehen.

Seite 78 unten

LATERNE, LATERNE …

Entlang der Allee befanden sich insgesamt elf Laternen.

Seite 79

ZAHLENSTERN

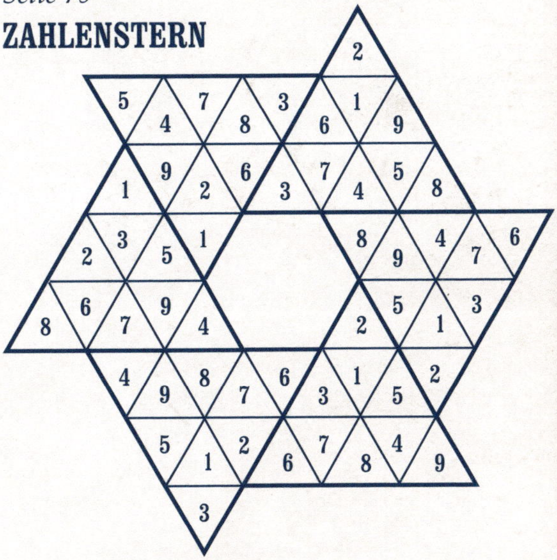

Seite 80

SECHS REGIONEN

3	5	4	2	1	6
6	1	2	4	5	3
1	4	6	5	3	2
2	3	1	6	4	5
5	6	3	1	2	4
4	2	5	3	6	1

Seite 81

SICHERE LANDUNG

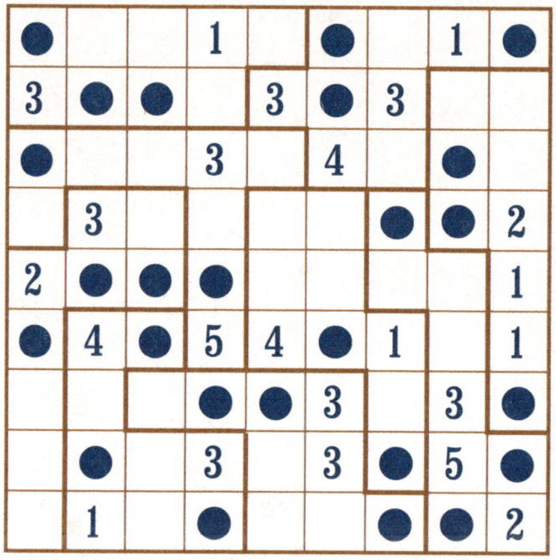

Seite 82

DER KÜRZESTE WEG

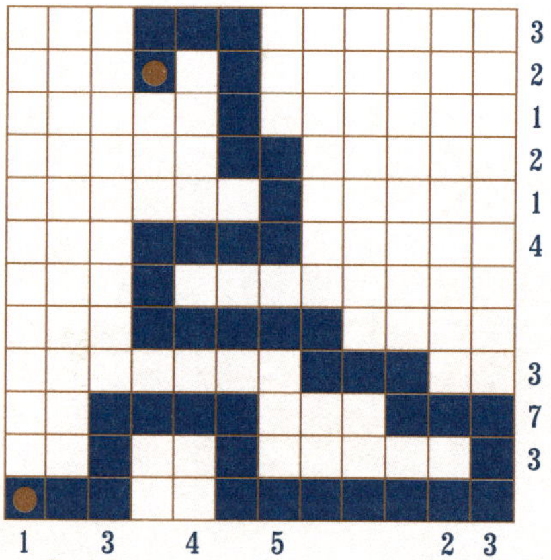

Seite 83

HERUMGEEIERE

Ein Huhn legt im Durchschnitt ein Ei pro eineinhalb Tage, also zwei Eier in drei Tagen. Drei Hühner à zwei Eier macht sechs Eier in drei Tagen.

Seite 84

BUCHSTABENREIHE

Bei dieser Buchstabenreihe wird der Abstand zwischen den Buchstaben im Alphabet jeweils um 1 vergrößert: G und G sind dieselben Buchstaben, zwischen G und H liegt kein anderer Buchstabe, zwischen dem H und dem J liegt das I, zwischen dem J und dem M liegen das K und das L usw. Das Fragezeichen können Sie also durch ein V ersetzen.

Seite 85 oben

DER KAUFMANN VON FLORENZ

Der Kaufmann von Florenz hat bei seinen beiden Geschäften jeweils ein Goldstück Gewinn gemacht, insgesamt also zwei Goldstücke.

Seite 85 unten

ZAHLENSPIELEREI

Zuerst wird die zweite Zahl von der ersten subtrahiert (5 – 2 = 3). An diese Differenz wird dann einfach die Summe der beiden Zahlen (5 + 2 = 7) angehängt. Das Ergebnis von 5 + 2 lautet also bei dieser Zahlenspielerei 37.

Seite 86

STERNENBEOBACHTUNG

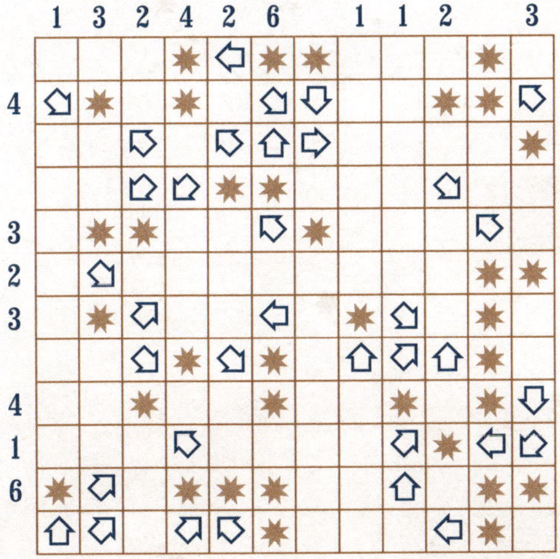

Seite 87

VON 1 BIS 33

1	19	8	15	2	24	12	28	13	26	12	26
24	4	22	12	20	18	5	25	29	9	16	31
22	21	31	14	25	26	9	12	17	13	19	21
23	24	3	7	6	11	18	17	3	12	10	4
5	18	28	1	18	27	5	23	31	20	3	11
29	24	19	20	11	3	16	2	9	23	17	14
19	7	6	28	9	21	30	10	21	13	25	20
17	18	31	3	10	5	7	21	19	31	14	21
20	14	18	17	3	24	5	22	8	29	20	11
32	5	24	19	26	15	26	32	7	20	27	23
17	8	3	4	28	12	28	18	6	13	32	26
10	12	16	31	12	19	4	27	22	23	30	33

Seite 88 oben

AUF DEM MARKT

Um eine Orange aufzuwiegen, benötigt man in diesem Fall fünf Bananen.

Seite 88 unten

AUSUFERND LOGISCH

Als Erstes befördert der Mann die Ziege zum anderen Ufer. Er bindet die Ziege dort an und rudert zurück. Dann bringt der Mann den Kohlkopf zum anderen Ufer. Er rudert mit der Ziege zurück. Anschließend bringt er den Wolf zum anderen Ufer. Er rudert allein zurück, um zuletzt die Ziege erneut zum anderen Ufer zu befördern.

Seite 89

DREI KOFFER

Am schwersten ist der braune Koffer.

Seite 92

DER SONNENHUT

Der Sonnenhut befindet sich im kupferroten Koffer. Nur in diesem Fall trifft zu, dass genau eine der Aussagen wahr ist.

Seite 90/91

RECHNEN MIT KÖPFCHEN

■	■	■	14\	15\	■	22\	37\	■	■	28\	12\
■	15\	10\17			12\12			■	\14		
\36				7				13\	6\8		
\3			14\	8\36					1		■
\20			9		■	21\22	8				17\
■	11\	28\12			32\14			■	\10		
\3			■	\21			7	13\	3\17		
\11			7\	6\11	4		\11			10\	8\
■	\19		4			8\	9\14				
■	4\26	9						15\	14\4		1
\8			■	\36	9			8			
\5			■	\6			\16			■	■

Seite 93

VON FLORENZ NACH PARIS

Der Hund kommt mit einer Geschwindigkeit von 512 Metern pro Sekunde in Paris an. Zuletzt verdoppelt er die Geschwindigkeit bei 256 Metern pro Sekunde – danach kann er die Blechdose nicht mehr aufschlagen hören, da er schneller ist als der Schall mit etwa 343,2 Meter pro Sekunde.

Seite 94

DIE PFERDEWEIDE

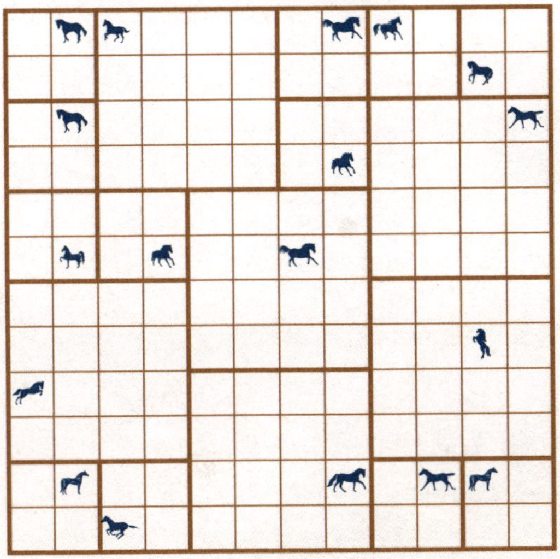

Seite 95

DER EIFFELTURM

Der Eiffelturm wäre bei einer Höhe von lediglich 30 Zentimetern 1000 × 1000 × 1000, also eine Milliarde Mal leichter. Er würde dann nur noch rund 8 Gramm wiegen, denn die Größenabnahme führt gleichzeitig zu einem äußerst filigranen Eisenfachwerk.

Seite 96

FALSCHGELD

Entnehmen Sie dem ersten Sack eine Münze, dem zweiten Sack zwei Münzen, dem dritten Sack drei Münzen usw. Wiegen Sie alle Münzen, sodass aus den zehn Säcken insgesamt 55 Münzen auf der Waage liegen. Wenn Sie nur echte Münzen wiegen würden, so würden diese 550 Gramm auf die Waage bringen. Da Sie einem Sack falsche Münzen entnommen haben, zeigt die Waage jedoch 1 bis 10 Gramm weniger an – diese Differenz entspricht gleichzeitig der Nummer des Sackes, dem Sie das Falschgeld entnommen haben.

Seite 97 oben

ÜBER DIE SEINE

Bei der ersten Begegnung der Fähren haben beide Fähren so viel Strecke zurückgelegt, wie die Seine an dieser Stelle breit ist. Bei der zweiten Begegnung haben die beiden Fähren zusammen eine Strecke zurückgelegt, die der dreifachen Breite der Seine entspricht. Eine der Fähren hat eine Strecke von drei Mal 84 Metern zurückgelegt, also 252 Meter. Um die Breite der Seine zu erhalten, müssen davon nur noch die 52 Meter abgezogen werden, welche die Fähre auf der Rückfahrt vom anderen Ufer entfernt war. Die Seine ist also an dieser Stelle 200 Meter breit.

Seite 97 unten

ZWEI FLASCHEN WEIN

Es würde sich genauso viel Burgunder im Bordeaux befinden wie Bordeaux im Burgunder. Nach den beiden Mischungsprozeduren enthält der Bordeaux eine bestimmte Menge Burgunder. Dieses Volumen Burgunder fehlt dann zwingend in der Burgunderflasche und es wurde durch ein exakt gleich großes Bordeauxvolumen ersetzt. Die Anteile von Burgunder und Bordeaux sind daher in den beiden Flaschen gleich groß. Dass die Mischungsverhältnisse immer gleich bleiben, machen Sie sich am einfachsten klar, indem Sie einmal durchspielen, dass sie den ganzen Liter Burgunder mit dem Bordeaux vermischen und dann einen Liter des Gemischs wieder zurückgeben würden.

Seite 98

PIGALLE, PIGALLE …

Der Platz ist um Mitternacht zu einem Viertel mit Personen bevölkert, um 1 Uhr zur Hälfte und um 2 Uhr zu 100 Prozent.

Seite 99

WAS KOSTET DER WEIN?

Jeder Buchstabe »kostet« einen Euro. Ein Glas Chardonnay kostet entsprechend 10 Euro.

Seite 100

GEMISCHTE KREISE

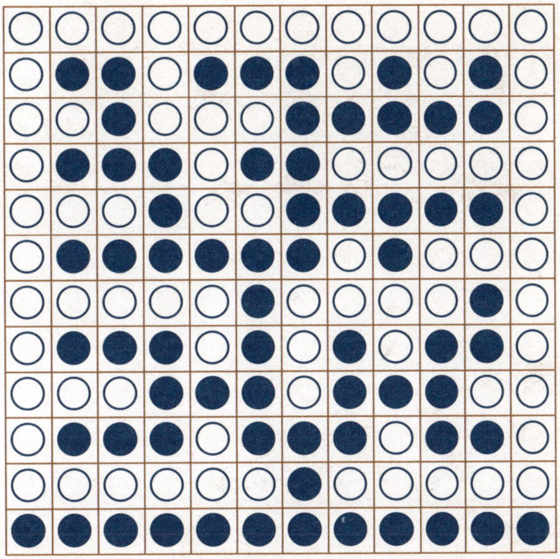

Seite 101/102

TÜREN

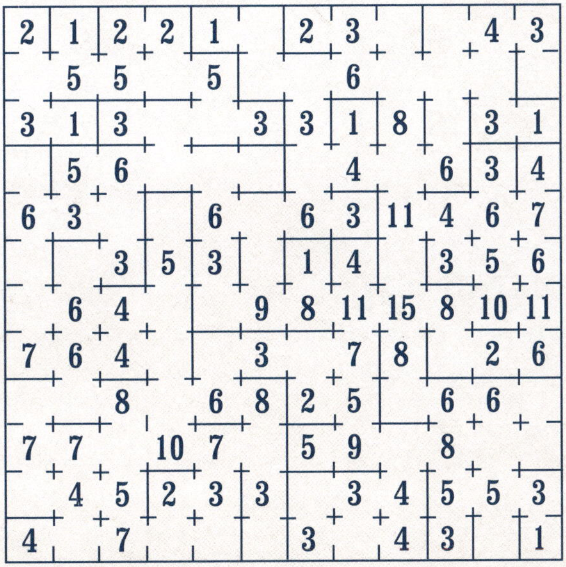

Seite 103

CHEMISCHE FORMELN

Konnten Sie alle chemischen Formeln markieren? Ammoniak hat die Formel NH_3, Bromsilber (Silberbromid) die Formel AgBr, Kochsalz (Natriumchlorid) die Formel NaCl, Kohlendioxid die Formel CO_2, Kreide (Calcit) die Formel $CaCO_3$, Lachgas (Distickstoffmonoxid) die Formel N_2O und Wasser die Formel H_2O.

N	O	L	C	A
H	2	N	R	N
3	A	G	B	O
3	A	C	H	2
O	C	C	O	2

Seite 104

DIE PETROLEUMLAMPE

Füllen Sie einfach Wasser in die Lampe ein. Da das Petroleum leichter ist als das Wasser, schwimmt es oben, der Docht kann hineintauchen und Sie können die Petroleumlampe mit den Streichhölzern anzünden.

Seite 105

AM MITTAGSTISCH

Archimedes, Graf Zeppelin und Leonardo da Vinci sitzen auf der linken Seite des Tisches; Galileo Galilei, Nikola Tesla und Thomas Alva Edison sitzen auf der rechten Seite.

Seite 106 oben

SPANNUNG!

Die Lampe leuchtet weniger hell als in Europa, da durch die geringere Spannung (angegeben in Volt) auch die elektrische Leistung (angegeben in Watt) geringer ist.

Seite 106 unten

DAS ERBE

Die Witwe erbt 4000 Taler, die beiden Söhne jeweils 2000 Taler und jede der drei Töchter erhält 1000 Taler.

Seite 107

SECHS STEINE

Nikola Tesla: 1 Gramm
Galileo Galilei: 2 Gramm
Leonardo da Vinci: 5 Gramm
Graf Zeppelin: 10 Gramm
Archimedes: 50 Gramm
Thomas Alva Edison: 100 Gramm

Seite 108

DER CHEF-CHIRURG

Haben Sie beim Chef-Chirurgen zuerst an einen Mann gedacht? Tatsächlich handelt es sich um die Mutter des Jungen.

Seite 109

IN RELATION

5		1		8		3	<	9		6	>	4	>	2		7
∨						∨		∨		∧						
4		9	>	5		2		3		7	<	8		1		6
				∧												∨
9	>	3		7		6	>	1		4	<	5		8		2
				∨												
7	<	8		1	<	4	>	2		3	<	6	<	9	>	5
∨								∧								
2		6	>	3		9		7		8	>	1		5		4
				∨				∨								
3		5		2		1		6		9		7		4	<	8
∧										∨						
8		2		4		7		5		1		3		6	<	9
				∧												∨
1		4		6		5		8		2		9		7		3
6		7		9		8		4	<	5		2		3	>	1

Seite 110

NOCH MAL NEUN

4	3	1	5	6	9	8	2	7
6	1	4	2	8	5	3	7	9
8	2	9	7	3	6	1	5	4
7	5	3	1	4	2	6	9	8
1	9	2	6	7	4	5	8	3
2	6	7	4	1	8	9	3	5
5	7	8	3	9	1	2	4	6
9	4	5	8	2	3	7	6	1
3	8	6	9	5	7	4	1	2

Seite 111/112

VON A1 BIS E5

B4	E3	D2	A5	C1
A3	D5	B1	C2	E4
E2	A1	C3	D4	B5
C5	B2	A4	E1	D3
D1	C4	E5	B3	A2

Seite 113

ERDERWÄRMUNG

Die Tage werden durch das Schmelzen der Polkappen tatsächlich länger. Durch das Schmelzen verändert sich die Massenverteilung der Erde in Richtung des Äquators, was dazu führt, dass sich die Erde langsamer dreht.

Seite 114

GRENZFALL

Haben Sie aufmerksam gelesen? Es handelte sich um ein Segelflugzeug, ein Motor war also gar nicht vorhanden.

Seite 115

KARTENTRICK

Archimedes weiß nach dem Nennen des Wertes noch nicht, um welche Karte es sich handelt. Es wurde ihm also kein Wert genannt, der nur einmal vorkommt. Demnach fällt bei der Kartenfarbe Kreuz der Wert 4 (kommt nur in Kreuz vor) und bei Karo der Wert 9 (kommt nur in Karo vor) weg. Da Archimedes nach Edisons Antwort die Karte kennt, fallen die gemeinsamen Werte 2 und 7 in Herz und Pik weg. Da schließlich auch Edison die Karte kennt, kann es sich bei der von Leonardo ausgewählten Karte nur um die einzige verbleibende Pik-Karte, die Pik 8, handeln.

Seite 116

NOTLANDUNG

Seite 117

DAS RETTUNGSSCHIFF

Es reicht aus, sich auf die untere Sprosse der Sprossenleiter zu stellen, denn wenn der Wasserspiegel steigt, steigt das Boot ja ebenfalls.

Seite 118

DER FLUGGAST

Der 160. Fluggast kann mit einer Wahrscheinlichkeit von 50 Prozent den Platz einnehmen, der ihm auf seiner Bordkarte zugewiesen wird. Die Wahrscheinlichkeit ist allerdings hoch, dass einige Fluggäste in der Reihe vor ihm andere Sitzplätze suchen müssen.

Seite 119

TESTFLUG

Es sind drei Flugzeuge.

Seite 120

DAS FLUGZEUGWERK

8	8	8	8	7	7	7	7	7	7	3	3
8	5	1	3	3	2	3	3	3	7	3	2
8	5	5	5	3	2	1	4	8	8	8	2
8	8	5	9	2	4	4	4	8	5	5	5
9	9	9	9	2	3	8	8	8	5	5	4
9	5	5	9	3	3	1	3	8	3	3	4
9	5	5	1	2	2	3	3	4	3	5	4
9	3	5	3	3	3	7	4	4	5	5	4
5	3	3	2	7	7	7	5	4	1	5	5
5	5	5	2	3	7	3	5	2	2	6	6
5	3	4	3	3	7	3	5	5	3	6	6
3	3	4	4	4	7	3	5	3	3	6	6

Seite 121 oben

FALLSCHIRMSPRINGER

Das Flugzeug, aus dem der Fallschirmspringer sprang, lag vertäut im Hafen und war noch gar nicht gestartet.

Seite 121 unten

FLUGDAUER

Claude Dornier ist um 16:58 Uhr in New York City gelandet.

Seite 122

GALAXIEN

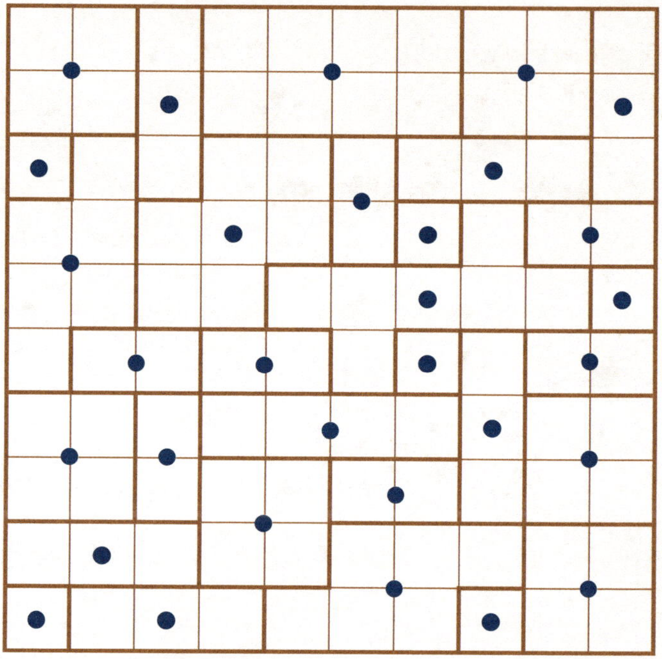

Seite 123

DER REGENBOGEN

Nein, das Ende des Regenbogens kann nicht erreicht werden, da der Regenbogen von der Position des Betrachters abhängig ist und sich sozusagen mit dem Betrachter mitbewegt.

Seite 124 oben

IN DER STRASSENBAHN

Es sind 38 Personen: 37 Fahrgäste (51 minus der 14 später zugestiegenen Personen) sowie – nicht zu vergessen! – der Straßenbahnfahrer.

Seite 124 unten

FAHRRAD UND S-BAHN

Die S-Bahn verkehrt im 12-Minuten-Takt.

Seite 125/126

DREIREIHER

O	X	X	X	O	X	O	O	X	O	O	X	O	X
O	X	X	O	X	O	X	X	X	O	O	X	X	O
X	X	X	O	X	X	O	O	O	X	X	X	O	O
O	O	O	X	X	O	O	X	X	O	O	O	X	O
X	X	O	O	O	X	X	X	O	X	X	O	O	X
X	O	X	X	O	X	O	O	X	X	O	O	X	X
O	X	O	O	O	X	X	O	O	O	X	X	O	X
X	O	X	O	X	O	O	X	X	X	O	O	X	O
X	O	X	O	X	X	X	O	O	X	O	O	X	X
O	O	X	X	O	O	O	X	X	X	O	X	X	O
O	X	O	X	X	X	O	O	X	O	X	O	O	X
O	X	X	X	O	O	X	X	X	O	X	X	O	O
X	X	X	O	X	O	O	X	O	X	O	X	O	X
O	O	X	O	O	O	X	O	O	X	O	X	X	O

Seite 127/128

BUMMELPLANUNG

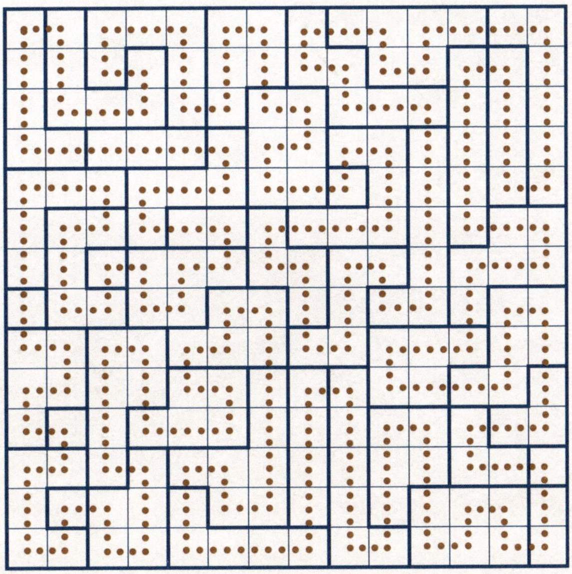

Seite 129 oben

DER BUS

Da in London Linksverkehr herrscht und am Bus keine Türen zu sehen sind (diese befinden sich bei Londoner Bussen auf der linken Seite), ist klar, dass der Bus nach rechts fährt.

Seite 129 unten

ZUM TOWER OF LONDON

Edison überholt Archimedes und befindet sich nun statt diesem an dritter Stelle. Anschließend rutscht er dann auf die sechste Position.

Seite 130

GEMEINSAMKEITEN

Die Städte Portland, Houston und Boston haben jeweils ein „T" im Namen – die Städte Chicago, Miami und Lincoln hingegen nicht.

Seite 131

DER TAXIFAHRER

Aus der Erzählung von Madame Curie lässt sich ableiten, dass der Taxifahrer sehr auf seine Frau fixiert war. Der gut aussehende Mann nannte dem Taxifahrer dessen eigene Adresse. Somit beging er die anschließende Gewalttat aus Eifersucht.

Seite 132

DER ALCHEMIST

Hätte das Wunderelixier tatsächlich alles vernichtet, mit dem es in Berührung kommt, so hätte es ja auch die Flasche vernichten müssen.

Seite 133

DER APFEL

Der Apfel wird nicht vom Uhrturm des Palace of Westminster geworfen, sondern aus größerer Höhe fallen gelassen – nur dann kann er die ersten 96 Meter nach unten fallen, ohne Schaden zu nehmen.

Seite 134

MATHEMATISCHES

4	2	6	8	3	7	1	9	5
6	3	8	9	7	5	2	4	1
2	8	7	3	9	4	5	1	6
7	6	9	5	2	1	4	3	8
3	9	1	4	5	2	6	8	7
8	5	4	1	6	9	7	2	3
1	7	3	2	4	6	8	5	9
9	4	5	7	1	8	3	6	2
5	1	2	6	8	3	9	7	4

Seite 135

21 STUDIERZIMMER

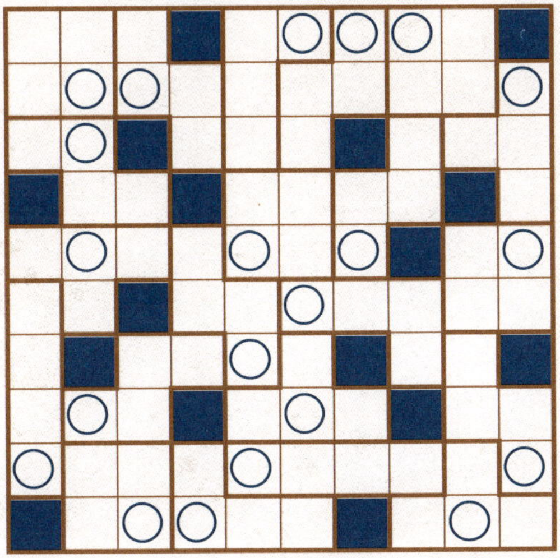

Seite 136

ZUNGE UND ZAHL

Die Zahlen wandern jeweils um eine Stelle nach rechts und werden dann wieder vorn angehängt. Die Reihe wird also mit der Zahl 8791 logisch fortgesetzt.

Seite 137

SO'N BISCHEN DAZWISCHEN

Es wird das Zifferblatt einer Uhr dargestellt, wobei die Zahlen in den Zwischenräumen jeweils die Summe der beiden Uhrzeiten bilden, zwischen denen die Zahl steht. Nachdem Sie erkannt haben, dass es sich um das Zifferblatt einer Uhr handelt, ist klar, dass an die Stelle des Fragezeichens die Zahl 12 gehört.

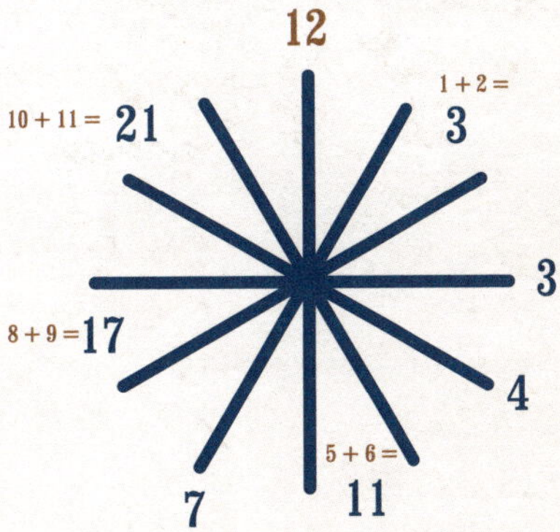

Seite 138

HÖHERE MATHEMATIK

Die Berechnung ist gar nicht so schwer, wie die Rechenaufgabe aussieht:

$(3^2 - 2^3)^{50} = (9 - 8)^{50} = 1^{50} = 1$

Seite 139

WO STEHEN DIE GENIES?

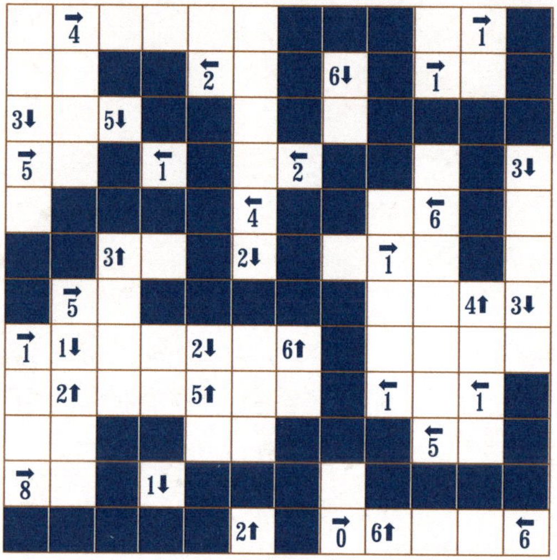

Seite 140

KEKSE, KEKSE!

Es befanden sich ursprünglich 52 Kekse in der Keksschale. Leibniz verspeiste davon 27, der Gast 5, die Frau 13, 7 verblieben in der Schale.

Seite 141

BINÄR MIT SYSTEM

0	1	0	0	1	0	0	1	1	0	1	1
0	0	1	0	1	0	1	1	0	1	1	0
1	0	0	1	0	1	0	0	1	1	0	1
0	1	0	1	0	0	1	0	1	0	1	1
0	0	1	0	1	1	0	1	0	1	1	0
1	0	0	1	1	0	0	1	0	1	0	1
1	1	0	1	0	0	1	0	1	0	1	0
0	1	1	0	0	1	1	0	1	0	0	1
1	0	1	0	1	1	0	1	0	1	0	0
1	1	0	1	0	0	1	1	0	0	1	0
0	1	1	0	1	1	0	0	1	0	0	1
1	0	1	1	0	1	1	0	0	1	0	0

Seite 142

DREIECKSBEZIEHUNG

In jedem Dreieck wird die untere Zahl (z. B. 8) durch die rechte Zahl (z. B. 4) geteilt. Der so erhaltene Quotient (z. B. 8 / 4 = 2) wird quadriert, um die linke Zahl (z. B. $2^2 = 4$) zu erhalten. Folglich gehört an die Stelle des Fragezeichens die Zahl 30 (30 / 10 = 3; $3^2 = 9$).

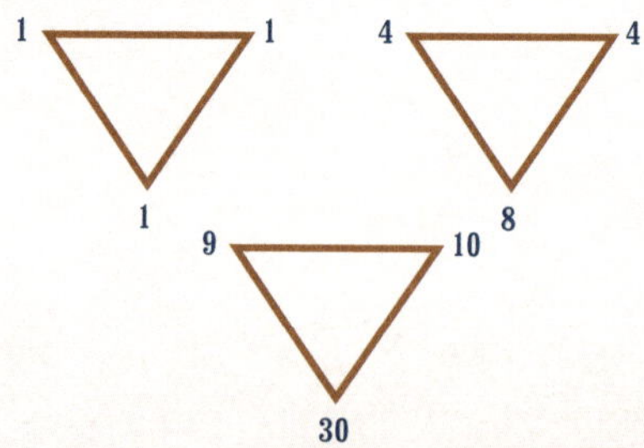

Seite 143

GLEICH ODER ETWA DOCH NICHT?

Die Zahl auf der linken Seite wird jeweils mit der nächst niedrigeren ganzen Zahl multipliziert, um das Produkt auf der rechten Seite zu erhalten. Demnach ergibt sich für die vierte Gleichung: 2 × 1 = 2.

Seite 144

FEUER!

Sobald die Kerze erlischt, sinkt die Lufttemperatur im Glas und es entsteht dadurch ein Unterdruck. Der höhere äußere Luftdruck presst daher Wasser in das Glas hinein – der Wasserspiegel im Glas steigt so lange, bis außen und innen wieder der gleiche Luftdruck herrscht.

Seite 145

BAUMBESTAND

	0		1		●		○
0	●	2	○	1			
●		○					
	1		●	1		○	2
○				●	1	1	
2	○	2					●
2	2	2			○	●	0
		●		○	2		

Seite 146 oben

DER STALL

Im Stall Isaac Newtons befinden sich vier Ziegen (4 Köpfe, 16 Beine) sowie elf Hühner (11 Köpfe, 22 Beine).

Seite 146 unten

MINUSWERTE

A = –18; B = 6; A ÷ B = –3.

Seite 147 oben

VERWINKELT

Der Winkel zwischen dem Stunden- und dem Minutenzeiger beträgt um 21:45 Uhr 22,5 Grad. Zur Erklärung: Zwischen zwei Zahlen auf dem Zifferblatt einer herkömmlichen Uhr liegen jeweils 30 Grad (360 Grad geteilt durch 12). Während der Minutenzeiger um 21:45 genau auf die 9 zeigt, ist der Stundenzeiger schon um drei Viertel – also um 22,5 Grad – weitergewandert.

Seite 147 unten

UNLÖSBAR! ODER DOCH NICHT?

Manchmal können die Lösungen wirklich sehr einfach sein: Zeichnen Sie ein Dreieck und fügen Sie in das Dreieck einfach zwei gerade Linien ein!

Seite 148 oben

FREITAG IM SINN

Zäumen Sie dieses logische Pferd am besten von hinten auf: Fünf Tage nach Donnerstag ist Dienstag. Vier Tage vor übermorgen ist zwei Tage vor heute, also vorgestern. Da vorgestern Dienstag war, ist heute Donnerstag. Gestern war also Mittwoch.

Seite 148 unten

FUSSGÄNGER-FRAGE

Da Frau Müller doppelt so schnell geht wie Herr Krause, benötigt dieser pro 1,5 Meter eine drittel Sekunde. Für die Strecke von 18 Metern benötigt er 12 drittel Sekunden, das entspricht vier Sekunden.

Seite 149

SYMBOLREIHE

Die Symbolreihe kann nur mit dem Element B logisch fortgesetzt werden. Die Elemente werden jeweils um 90 Grad gedreht, wobei sich an den Enden stets gleichartige Symbole oder Buchstaben befinden.

Seite 150

QUADRATE UND KREISE

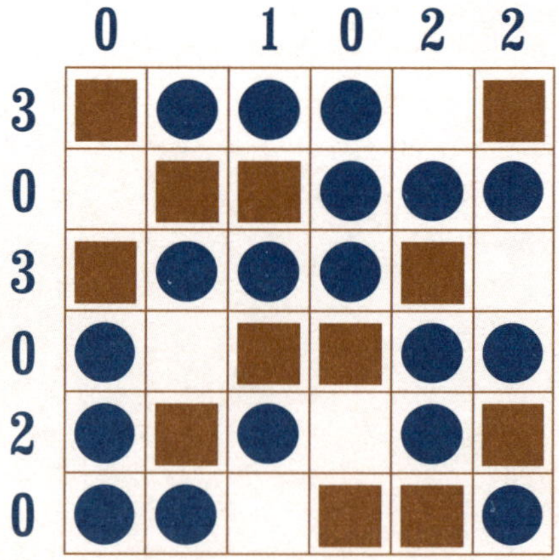

Seite 151 oben

DIE MUMIE

Denken Sie an Imhotep: Bauen Sie aus den Streichhölzern eine Pyramide, um vier gleichseitige Dreiecke zu erhalten!

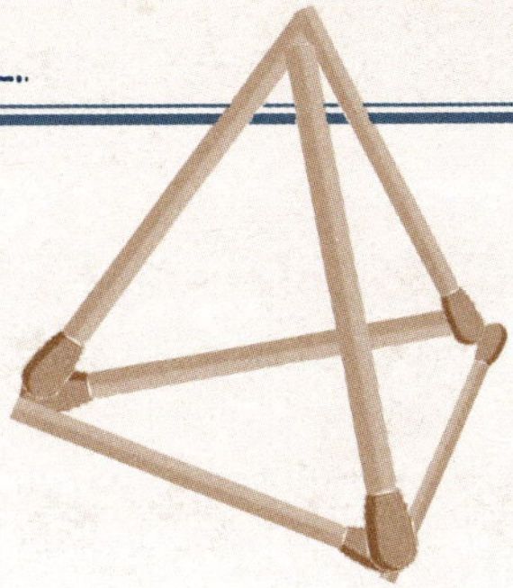

Seite 151 unten

FERMI-PROBLEM

Um die Anzahl der in Chicago tätigen Klavierstimmer zu bestimmen, könnten Sie zunächst überlegen, dass etwa 2,7 Millionen Menschen in Chicago leben, wobei jeweils zwei Personen in einem durchschnittlichen Haushalt leben. Angenommen etwa in jedem zwanzigsten Haushalt gibt es ein Klavier: Dann sind es insgesamt also etwa 67 500 Klaviere. Jedes Klavier wird etwa einmal pro Jahr gestimmt. Für das Stimmen eines Klaviers benötigt ein Klavierstimmer – inklusive Fahrzeit – etwa zwei Stunden. Jeder Klavierstimmer arbeitet an fünf Tagen pro Woche jeweils acht Stunden lang, und das in 45 Wochen pro Jahr. Aus diesen Überlegungen ergibt sich, dass ein Klavierstimmer pro Jahr 900 Klaviere stimmen kann, und dass es dem entsprechend – bei etwa 67 500 jährlich zu stimmenden Klavieren – etwa 75 Klavierstimmer in Chicago geben muss.

Seite 152 oben

DIESMAL KEINE ZAHL

Es wird die Gangschaltung eines Autos dargestellt – entsprechend fehlt das „R" für den Rückwärtsgang.

1 3 5

2 4 R

Seite 152 unten

FORTSETZUNG FOLGT

Es handelt sich um Binärzahlen, also um das in der Digitaltechnik eingesetzte Dualsystem, das zur Darstellung von Zahlen nur die Ziffern 1 und 0 benutzt. Daraus ergibt sich als logische Fortsetzung der Zahlenreihe:
0000 (= 0), 0001 (= 1), 0010 (= 2), 0011 (= 3), 0100 (= 4).

Seite 153

VON GEISTESBLITZEN UND GEFÄNGNISSEN

Das Gefängnis wird auf diese Weise niemals frei von Insassen sein. Denn befinden sich nur noch zwei Insassen in dem Gefängnis, wird einer der Insassen regelmäßig durch einen neuen Insassen ersetzt.

Seite 154

WER A SAGT …

An die Stelle des Fragezeichens gehört ein N. Denn die Buchstaben repräsentieren jeweils den letzten Buchstaben der ersten elf Buchstabennamen im griechischen Alphabet: Alpha, Beta, Gamma, Delta, Epsilon, Zeta, Eta, Theta, Iota, Kappa, Lambda.

Seite 155 oben

VOLLKOMMENE ZAHLEN

Die nächsthöhere vollkommene Zahl nach der 6 ist die 28. Für diese vollkommene Zahl gilt: 1 + 2 + 4 + 7 + 14 = 28. Die nächsthöhere vollkommene Zahl nach der 28 ist übrigens die 496.

Seite 155 unten

ZEHN GENIES

Setzen Sie den unteren Kreis ganz nach oben. Nehmen Sie dann die beiden Kreise von den Rändern der Vierer-Reihe und fügen sie diese jeweils bei der unteren Reihe an den Rändern ein.

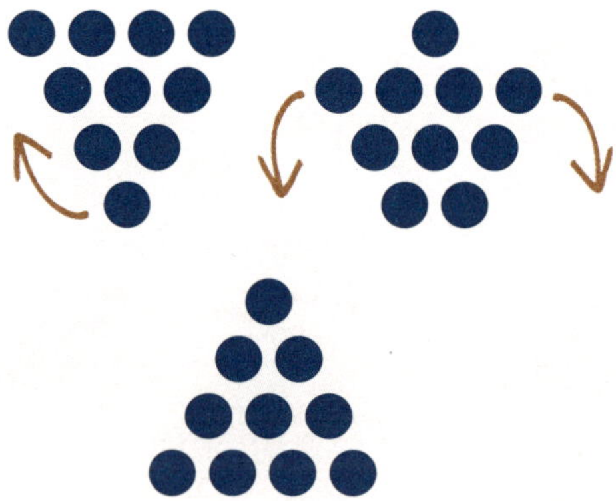

Seite 156

VON INSEL ZU INSEL

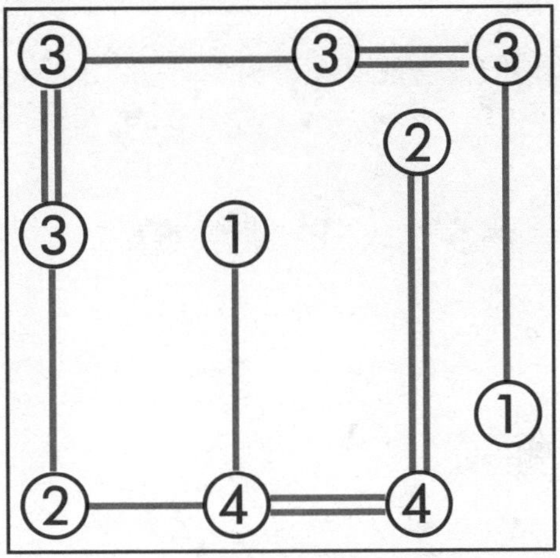

Seite 157

RECHT RECHT-WINKLIGES

Seite 158

UNTER STROM

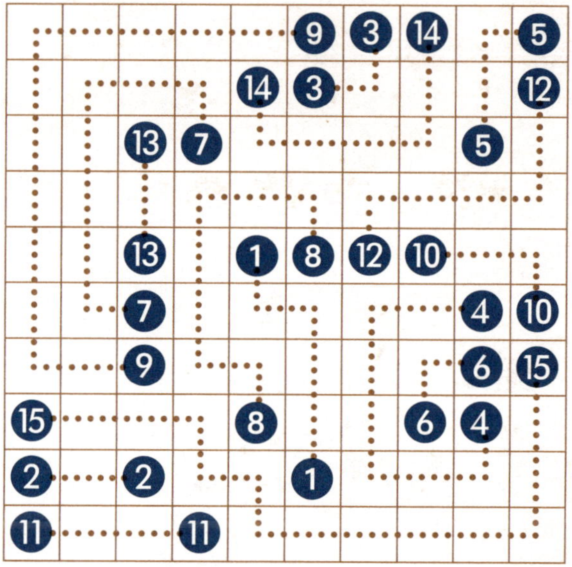

Seite 159

SCHWÄRZEN STATT SCHWÄTZEN

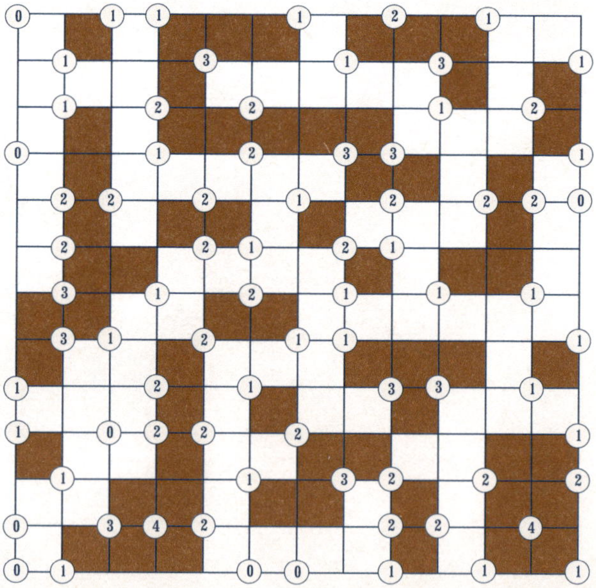

Seite 160 oben

VIELE STEINE, DIE ICH MEINE

Es sind mindestens 50 Steine. Werden diese in 16 Dreierreihen verteilt, bleiben zwei Steine übrig. Werden die Steine in 12 Viererreihen verteilt, bleiben ebenfalls zwei Steine übrig. Werden die 50 Steine in 10 Fünferreihen verteilt, geht es hingegen auf.

Seite 160 unten

WETTFLUG

Der frühere Ausbilder gab den beiden Piloten den Rat, ihre Flugzeuge zu tauschen. Jetzt ging es darum, mit dem Flugzeug des anderen Piloten so schnell wie möglich das festgelegte Ziel zu erreichen.

Seite 161

ALLE ACHTUNG!

Eine Summe wird durch Addition gebildet, in diesem Fall:
888 + 88 + 8 + 8 + 8 = 1000.

Seite 162

A BIT ENGLISH

In der Buchstabenfolge fehlt das „U“, sprich: „Missing you“.

Seite 163

BUCHSTABEN IM QUADRAT

Der Kasten C setzt die Reihe logisch fort. Beide Buchstaben bewegen sich im Uhrzeigersinn, wobei der Buchstabe „A“ jeweils eine ganze Seite des Quadrats entlangspringt, während der Buchstabe „B“ nur die Hälfte schafft.

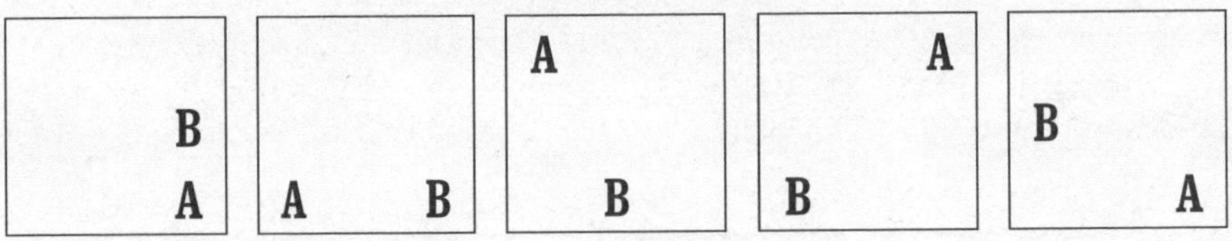

BILDNACHWEIS

Schmuckelemente und Papierhintergründe

stock.adobe.com – (©): amorroz (Retro finger-pointing and showing), Andrey Kuzmin (Grunge gears and cogs, Old paper scrolls, Old paper sheet texture), designerr019 (Vintage set decor elements), donatas1205 (Button alphabet, Metal plate texture), Timoshenkoanna (Distressed overlay texture of dust metal), videodoctor (Gear wheels on gold)

Illustrationen

stock.adobe.com – (©): Vorsatz/Nachsatz Erica Guilane-Nachez + magerram, Seite 1 + 2 HP_Photo, 2/3 magerram, 4 o. barks, 4 u. carlacastagno, 5 + 6 janaka Dharmasena, 7 o. nicolasprimola, 7 u. l. jud_g, 7 u. r. janaka Dharmasena, 8/9 iphotographer62, 8 M. peterschreiber.media, 9 u. janaka Dharmasena, 10 u. barks, 11 HP_Photo, 12 jud_g, 13 janaka Dharmasena, 14 o. donatas1205, 14/15 Archivist, 15 r. Juergen, 16 o. donatas1205, 17 Archivist, 19 magerram, 20 + 20 u. Archivist, 21 o. + 22 nicolasprimola, 23 Tony Baggett, 24 pict rider, 25 o. cranach, 26/27 Mar.K, 28 o. + 28 u. antiqueimages, 30 Juulijs, 31 Erica Guilane-Nachez, 34/35 antiqueimages, 36 o. magerram, 36/37 Archivist, 38/39 i-picture, 38 u. Juulijs, 40 magerram, 41 EnginKorkmaz, 43 Juulijs, 44 sax, 45 o. Juulijs, 46 alexrow, 47 u. hayo, 50 parallel_dream, 51 u. Juulijs, 54 u. brudertack69, 55 Anterovium, 56 wowinside, 57 o. magerram, 58 o. donatas1205, 58/59 Michael Rosskothen, 61 Oleksandr Babich, 62 o. magerram, 62 u. Archivist, 67 lynea, 69 M. + 69 u. Anja Kaiser, 71 lynea, 73 rolandfromgilead, 74/75 Juulijs, 77 o. l. vkilikov, 78 u. r. channarongsds, 79 o. nicolasprimola, 81 Archivist, 84 vkilikov, 86 Archivist, 87 peggy, 89 Archivist, 92 o. Torsten Krüger, 93 l. Archivist, 96 Olena, 100 l. Morphart, 100/101 procy_ab, 103 antiqueimages, 104 l. Oleksandr Babich, 106/107 russellg10, 106 o. r. lynea, 108 r. my_stock, 109 + 110 Ulia Koltyrina, 123 orion_eff, 124 o. donatas1205, 126 magerram, 132 antiqueimages, 133 u. fogbird, 136 o. l. Maxim Pavlov, 137 magerram, 138 Zlatko Guzmic, 138/139 Scanrail, 144/145 Archivist, 147 magerram, 150 HP_Photo, 154/155 Tony Baggett, 156 ArTo, 159 vkilikov, 160 u. l. Juergen, 160 u. r. orion_eff, 161 Zlatko Guzmic, 163 magerram

Alle übrigen Bilder aus Wikimedia Commons (Public Domain)

MATHEMATI